십이천문 8

허담 新무협 판타지 소설

초판 1쇄 찍은 날 § 2019년 5월 15일
초판 1쇄 펴낸 날 § 2019년 5월 22일

지은이 § 허담
펴낸이 § 서경석

총괄팀장 § 노종아
편집책임 § 김경민

펴낸곳 § 도서출판 청어람
등록번호 § 제387-1999-000006호
등록일자 § 1999. 5. 31
어람번호 § 제2-2788호

주소 § 경기도 부천시 부일로 483번길 40 서경B/D 3F (우) 14640
전화 § 032-656-4452 팩스 § 032-656-4453
http://www.chungeoram.com
E-mail § chungeorambook@daum.net

ISBN 979-11-04-91993-0 04810
ISBN 979-11-04-91872-8 (세트)

십이천문

十二天門

8

치우의 창 下

허담 新무협 판타지 소설

FANTASTIC ORIENTAL HEROES

도서출판 청어람

십이천문
十二天門

目次

제1장

시산혈해

　대량은 마치 어른이 어린아이에게 곤란한 질문을 하고 그 대답을 기다리는 것 같은 흥미진진한 표정으로 후금의 대답을 기다렸다.

　반면 구중천의 새로운 천주를 자처하는 후금은 당황한 표정이 역력했다. 설마 자신에게 종복이 될 것을 요구하는 자가 세상에 있을 거라고는 생각지도 못했기 때문이다.

　그런데 그를 더 당황스럽게 만드는 것은, 대량의 이 어처구니없는 요구가 너무도 자연스럽게 느껴진다는 것이었다.

　후금은 금세 그 이유를 깨달았다.

　전신극을 들고 있는 대량에게서 그는 이십여 년 전에 죽은 사부, 천마 파융의 모습을 느꼈던 것이다.

　'이자가……?'

후금은 당혹스러웠다.

대량에게서 느껴지는 천마 파융의 기운이 단순히 그가 전신극을 들고 있기 때문만은 아니라는 것을 알았기 때문이다.

기세… 전신극은 보통의 창이 아니어서 그 창을 통제하려면 강력한 진기가 필요하고, 오랜 수련으로 단련한 내공 이외에 선천적으로 타고난 강한 정력도 필요했다.

그런데 젊다면 젊은 이 새로운 전신극의 주인은 그 모든 것을 천마 파융에 못지않게 가지고 있었다.

놀라운 일이었다.

파융이 칠마의 난을 일으킬 당시 나이가 칠십여 세 전후, 평생의 수련을 통해 이룩한 그의 강력했던 기세에 버금가는 기세를 지닌 자가 존재한다는 것을 후금은 쉽게 받아들일 수 없었다. 더군다나 그 주인공이 불혹이 되지 않은 나이라면 더더욱 그러했다.

그러나 그의 내면에서 일어나는 의혹과 놀람은 오직 그만이 알고 있는 것이었다. 그래서 자신에게 종복이 되기를 요구한 대량의 말에 후금은 침묵하고 있었다.

그런 후금의 행동이 대량에게는 못마땅한 듯 보였다.

"뭐야? 거부하는 거야? 아니면 따르겠다는 거야?"

대량이 다시 물었다.

"날 감당할 수 있겠느냐?"

후금이 물었다. 당장 검을 휘두르며 달려들지 않는 것만도 그의 수하들에게는 놀라운 일이었다.

후금의 물음에 대량이 전신극을 들어 주변을 스윽 훑었다. 자신의 손에 죽은 자들을 보라는 뜻이다.

수십 명의 강호고수들 시신. 그들 한 사람, 한 사람이 강호에서는 내로라하는 고수들임을 후금도 알고 있었다.

후금과 십육마문 후예들은 천산에 전신극의 후예가 나타나기 이전부터 이미 천산을 중심으로 조용히 자신들의 근거지를 마련해 가고 있었다.

그동안 변경의 오지에서 힘을 길러온 이들은 이제 무림에서 활동을 시작할 계획이었고, 그 시작을 천산에서부터 준비하고 있었던 것이다.

재기를 시작할 장소로 선택한 곳이 천산이었으므로 십육마문 후예들의 준비는 철저했다.

덕분에 그들은 전신극의 주인이 나타나고, 그로 인해 천하의 고수들이 천산으로 몰려오는 과정을 하나도 빠짐없이 지켜보고 있었다.

그래서 오늘 이곳에서 전신극의 주인 대량에게 죽은 자들이 어떤 인물들인지 누구보다 잘 알고 있었다.

당연히 후금은 죽인 자들을 근거로, 대량이 십육마문 후예들의 주군이 될 자격이 있다는 것을 증명했다고 말하는 것이 지나친 일이 아니라는 것을 잘 알고 있었다.

하지만 그래도 그는 마도의 종주를 꿈꾸는 구중천의 새로운 천주다.

전신극을 들고 있다고 해서, 혹은 죽은 그의 사부 천마 파융에 버금가는 기도를 지니고 있다고 해서 이렇게 젊은 사내에게 쉽게 복종을 맹세할 수는 없었다.

"일단… 서로 힘을 합치는 것이 어떠하겠는가? 이들을 정리하고 난 이후에 우리의 관계를 정하지."

후금이 노련하게 지금 상황을 풀어내려 했다. 일단 대량과 힘을 합쳐 무림고수들을 몰살하고 나면 대량과 좀 더 유리하게 대화를 나눌 수 있다고 판단한 것이다.

그러나 대량은 얄밉게도 후금의 생각대로 움직이지 않았다.

"아니, 나도 갑자기 생각이 변했어. 당신들 스스로 증명해 봐. 너희 두 무리 중 살아남는 쪽에 내 수하가 될 기회를 주겠다."

대량이 오만한 제안을 했다. 아니, 제안이라기보다는 통보에 가까웠다.

무림맹의 주축 문파들이 속한 무림의 고수들과 마도의 종주라 할 수 있는 십육마문의 후인들에게 서로 겨뤄 살아남는 쪽에 자신의 수하가 될 기회를 주겠다는 제안이었다.

"이놈! 신병의 힘을 얻었다고 정말 기고만장하구나."

무당의 청허자 유정이 대량을 보며 호통을 쳤다.

비록 이미 대량에게 호되게 당하기는 했지만, 그래도 여전히 구패의 권위가 남아 있는 유정이다.

"뭐, 싫으면 말고. 당신들은 어때?"

대량의 시선이 다시 구중천의 새로운 천주 후금에게로 향했다.

그러자 후금이 비릿한 미소를 지으며 대답했다.

"서로 간에 싸움을 부추기고 그 가운데서 이득을 노리겠다는 뜻이군. 전신극의 주인답지 않은 얄은 간계군."

대량이 정사 간의 싸움을 유도하려는 것으로 판단한 후금이 비웃듯 말했다.

"그런 면도 없지 않지. 조금 귀찮아지려 하고 있었으니까. 하지만 내 말이 거짓말은 아니야. 이기는 자는 죽이지 않고 종복으로 쓰겠다니까?"

"후후후, 그것보다는 일단 이곳에 있는 모든 사람이 힘을 모아 널 죽이고 나서 전신극의 주인을 가리는 것이 낫지 않을까?"

후금이 새로운 방책을 내놨다.

장내의 누구도 단독으로는 대량을 상대할 수 없는 것이 현실, 그러니 일단 대량을 죽여놓고 전신극을 둔 싸움은 그 이후에 하자는 제안이다.

"하하하, 역시 세상은 요지경이군, 이십 년 전 천하를 두고 시산혈해를 이루며 싸웠던 정사의 고수들이 오늘 전신극 하나를 두고 손을 잡겠다는 것인가? 당신들은 동의해?"

대량이 겁을 먹었다기보다는 궁금하다는 듯 청허자 유정에게 물었다.

그러자 청허자 유정이 차갑게 군은 얼굴로 말했다.

"일단 악마의 자식을 죽이는 것이 우선인 것에는 동의하지."

결국 십육마문의 후예들과 함께 대량을 공격하겠다는 뜻이다. 강호의 노련한 고수로서 자존심을 접고 실리적인 선택을 한 것이다.

"후후후, 이래서 내가 정파 나부랭이들의 감언이설을 싫어한다니까. 이득을 위해서라면 망설임 없이 사파와도 손을 잡아. 그런 면에서는 마도를 자처하는 자들이 솔직한 편이지. 그런데 어떡하나? 결국 당신들은 서로 싸우게 될 텐데?"

"하지만 그 전에 네가 죽겠지."

유정이 그간 대량의 손에 잃은 동료들을 생각하며 살기를 드러냈다.

그런데 유정의 경고를 들은 대량이 빙그레 미소를 지었다.

"아닐걸? 날 상대하기 전에 서로 싸우게 될걸?"

"그럴 일은 없다. 정사로 나뉘어져 있어도 이곳에 모인 사람들은 일의 경중을 가늠할 줄 아는 사람들이니까."

유정이 차갑게 대꾸했다.

그 순간, 대량이 갑자기 전신극을 하늘로 던졌다.

번쩍!

하늘에는 이미 태양이 있었지만, 또 다른 태양이 떠오른 것 같았다.

그렇게 새로 떠오른 태양은 크게 원을 그리며 무서운 속도로 땅을 향해 떨어져 내렸다.

그러고는 묵직한 소리를 내며 땅에 박혔다.

쿠웅!

한순간 태양처럼 눈부시던 빛이 사라지자 사람들 눈에 창날부터 거의 반절이 땅에 박힌 전신극이 보였다.

"싸워서 이기는 자가 가져."

갑작스럽게 전신극을 던져 버린 대량이 태연하게 말했다.

장내의 모든 사람들이 당황했다.

대부분 저자가 대체 무슨 짓을 한 것일까 하는 표정이었다. 전신극을 던져 버리다니. 아무리 그의 무공이 뛰어나더라도 일단 자신의 손을 벗어난 전신극을 다시 가져갈 가능성은 거의 없었다.

아니, 그건 대량이 아니라 세상의 그 어떤 고수라도 마찬가지였다. 수백 명의 무림인들 사이에 던져놓은 전신극을 다시 찾아올 수 있을 만한 고수는 세상에 존재하지 않을지도 모른다.

"도박을 할 줄 아는군."

숲에서 장내의 상황을 지켜보고 있던 자왕 사송이 고개를 끄떡이며 말했다. 그의 얼굴에는 대량에 대한 감탄까지 서려 있었다.

"전신극을 버린 게 무슨 도박이죠?"

오손이 의아한 표정으로 물었다.

"사람의 마음에 도박을 건 거다."

"마음이라뇨?"

"자신의 충동질에도 정사양도의 고수들이 충돌하지 않으니 그들에게 서로와 싸울, 거부할 수 없는 미끼를 던진 것이다. 애초에 그의 수하가 되기 위해 싸울 자들은 없었다. 그러나 전신극을 위해 싸울 자들을 부지기수… 사람의 마음속에 꿈틀대는, 탐욕이라는 근원적인 본능에 도박을 건 것이지."

"전신극을 포기하면서까지요?"

오손이 다시 물었다.

"전신극을 포기하는 거면 도박이 아니지. 그의 손에 다시 전신극이 들어가야 그가 이기는 것이다. 양패구상이 일어나면 그는 살아남은 자들을 죽이고 유유히 전신극을 회수할 생각인 거지."

"그 단순한 의도를 노련한 강호고수들이 모를까요?"

오손이 대량의 의도가 너무 뻔한 것이어서 먹혀들지 않을 거라는 듯 물었다.

"그러니까 도박이지. 사람의 이성이 아닌 욕망에 패를 건 거니까. 봐라, 그런 자들이 벌써 나타나지 않느냐?"

사송이 턱으로 장내를 가리켰다.

오손이 고개를 돌려보니 정말 마도의 무리에 속했던 자들 중 몇 명이 빠르게 주인 없는 전신극을 향해서 달려 나오고 있었다.

파파팟!

사내의 움직임은 무척 빨랐다. 절정의 고수는 아니더라도 상승의 무공을 수련한 자가 분명했다.

"멈춰랏!"

그의 등 뒤에서 다른 자가 사내를 제지했으나 사내는 뒤도 돌아보지 않고 전신극을 향해 달려갔다. 그리고 그의 목적대로 장내의 사람들 중 가장 먼저 전신극을 잡았다.

그러나 다음 순간 사내의 입에서 기쁨의 탄성이 아닌 당혹한 음성이 흘러나왔다.

"욱!"

창날부터 땅속 깊이 박힌 전신극이 그가 힘주어 뽑았는데도 꿈쩍도 하지 않았던 것이다.

"에잇!"

사내가 화가 나 붉어진 얼굴로, 이번에는 두 손으로 전신극을 잡고 힘을 주었다. 그럼에도 불구하고 전신극은 땅에 박힌 채 꿈 쩍도 하지 않았다.

그런데 전신극을 뽑지 못한 것보다 더 심각한 문제가 자신에 게 닥쳐오고 있는 것을 사내는 미처 눈치채지 못했다.

"능력이 없는 자가 보물을 탐하면 죽음을 자초하는 것, 비켜라!"

쐐애액!

멸시 어린 비난과 함께 사내의 등 뒤로 서늘한 기운이 닥쳐들었다.

그제야 사내가 자신에게 닥친 위험을 감지하고 재빨리 고개를 돌렸다. 그러자 시퍼런 도가 그의 머리를 향해 떨어져 내리고 있었다.

"이런 죽일 놈이!"

사내 역시 마도에서 잔뼈가 굵은 자라 흥성의 포악함은 누구 못지않았다.

자신의 등을 노리는 자에 대해 분노를 토해낸 사내가 전신극을 놓아버리고는, 대신 자신에게 달려드는 중년 사내를 향해 두 주먹을 뻗어냈다.

퍼펑!

평소 권술을 연마한 듯한 사내의 두 주먹이 팔에서 빠져나온 모양을 취하면서 자신을 공격하는 자에게 날아갔다.

"가소로운 것!"

도(刀)로 사내를 공격하던 중년 사내가 차가운 냉소를 흘리더니 그대로 도의 방향을 틀었다. 그러자 매서운 파공음과 함께 중년 사내의 도가 사선으로 그어졌다.

픽!

둔탁한 소리와 함께 붉은 피가 솟구쳤다.

"악!"

처음 전신극을 노리던 자의 입에서 비명 소리가 터져 나왔다.

"이런 젠장……!"

비명을 지른 사내가 자신의 두 팔을 보며 욕설을 내뱉었다. 권장을 뻗어내던 그의 주먹이 팔에서 사라지고 없었던 것이다.

"목숨이나마 살려준 걸 고맙게 여겨라."

단번에 사내의 두 주먹을 잘라 버린 중년 사내가 비틀거리며 물러나는 사내에게 훈계를 하고는 전신극 앞에 섰다.

"후후, 이제 치우의 창은 내 것이다!"

도를 쓰는 자에게 창은 욕심낼 병기가 아니지만 그 창이 전신극이라면 이야기가 달라진다.

도를 쓰는 중년 사내의 눈에 탐욕의 빛이 일렁였다. 하지만 그는 자신이 손목을 잘라 버린 사내와 똑같은 실수를 범하고 있었다.

쐐애액!

대여섯 개의 파공음이 동시에 전신극 주변에서 일어났다. 그리고 전신극의 화려한 유혹에 정신이 팔려 있던 중년 사내를 향해 다섯 개의 병기가 동시에 떨어졌다.

퍼퍼픽!

"악!"

중년 사내는 자신이 손목을 잘라 버린 마도의 인물보다 훨씬 더 비참한 신세로 변했다. 다섯 개의 병기가 그의 몸을 동시에 난도질했기 때문이다.

사내는 비명 한마디 내지르고는 그대로 땅에 무너진 후 죽어버렸다.

이후부터는 난장판이 벌어졌다.

전신극에 대한 탐욕에 불타면서도 대량의 무공에 겁을 먹고 눈치를 보던 강호고수들이 일단 피를 보기 시작하자 정과 사의 구분 없이 혈전을 벌이기 시작했던 것이다.

"이런… 멈추시오!"

소림의 선승 혜찬이 당황한 표정으로 사자후를 터뜨려 욕망에 물든 사람들의 싸움을 멈추려 했다.

그러나 이미 전신극의 강렬한 유혹에 취해 살인귀가 되어버린 강호고수들의 손을 멈추게 할 수는 없었다.

"큰일이외다."

청허자 유정 역시 수십 명이 뒤엉킨 난전을 보며 당혹스러운 표정으로 말했다.

"이미 벌어진 일. 어쩔 수 없는 일이오. 일단… 저자부터 처리합시다. 손에 전신극이 없는 이상은……."

가슴에 큰 부상을 입고 청허자와 소림승 혜찬의 도움으로 가까스로 죽음에서 벗어난 남궁가의 고수 남궁중지가 흥미로운 눈으로 장내의 난전을 바라보고 있는 대량을 노려보며 말했다.

아마도 자신을 죽음 직전까지 몰아갔던 대량에 대한 원한을 풀고 싶은 모양이었다.

그러나 그의 바람은 청허자 유정에 의해 단번에 거부당했다.

"지금 그와 싸울 수는 없소."

"왜 안 된다는 것이오. 지금이 적기요. 그에게는 전신극이 없소."

남궁중지가 화가 난 듯 말했다. 자신의 복수에 눈이 멀어 유정의 말을 받아들일 수 없는 것이었다.

그러자 유정이 손을 들어 난전이 벌어지고 있는 그 위쪽을 가리켰다. 그곳에는 구중천의 천주를 자처하는 후금이 당황한 표정으로, 전신극을 중심으로 펼쳐지는 혈전을 바라보고 있었다.

유정의 의도는 명확했다.

"그들에게 어부지리를 줄 수는 없소."

유정이 단호하게 말했다.

자신들이 대량을 제압하기 위해 싸움을 시작하면 그사이에 후금 등 십육마문의 후예들이 전신극을 차지할 수 있고, 혹은 대량과 무림고수들이 지치기를 기다렸다가 지친 무림고수들을 공격할 수도 있었다.

유정의 말은 너무도 당연한 것이어서 굳이 그가 설명하지 않아도 누구나 알 수 있는 것이었지만, 복수심에 눈이 먼 남궁중지는 그 간단한 이치를 떠올리지 못했던 것이다.

유정의 설명에 남궁중지가 자신의 실수를 깨닫고 얼굴이 붉게 물들었다.

"미안하오. 내가 너무 흥분했던 모양이오."

뒤늦게 남궁중지도 자신의 실책을 깨닫고는 청허자 유정에게 급히 사과했다.

"아니올시다. 남궁 노사께서는 당연히 저자를 베고 싶으실 것이오. 하지만… 때를 기다립시다."

유정이 남궁중지를 달래듯 말했다.

"알겠소이다. 그럽시다. 이해해 주시니 고맙소."

남궁중지가 자신과 가문의 체면을 깨닫고는 정중하게 말하며 한 걸음 뒤로 물러났다.

그러자 기다렸다는 듯이 소림승 혜찬이 입을 열었다.

"참으로 곤란한 상황이오. 저자들이 움직이지 않으니……."

혜찬의 시선이 후금 등 십육마문의 후예들에게로 향했다.

그러자 유정이 침착한 목소리로 말했다.

"결국 움직이게 될 것이오. 특히 새로운 구중천주 후금은 전신극에 대해 특별한 욕심이 있으니 치우의 창이 다른 사람 손에 들어가는 것을 두고 보지는 않을 것이오. 그때까지 기다렸다가 그가 움직이는 대로 대응합시다."

"그가 전신극을 취한 후에 그를 공격하자는 뜻이오?"

"그래야겠지요."

"하지만 그리되면 저자가 원하는 대로 되는 것 아니오?"

혜찬이 눈길을 대량에게로 돌렸다.

대량이 원하는 바는 전신극을 둔 정사 고수들의 양패구상, 유정의 말대로라면 결국 대량의 뜻대로 되는 것이었다.

하지만 유정의 생각은 조금 다른 모양이었다.

"희생이 많을 수는 있소. 그러나 어떤 경우든 그의 손에 전신극이 없다면, 그가 아닌 우리 손에 전신극이 있다면 저자를 상대할 수 있지 않겠소?"

유정의 말에 혜찬이 얼굴에 문득 부끄러운 기색을 떠올렸다. 그러고는 나직하게 실소를 흘렸다.

"후후, 나도 모르게 저자에 대한 두려움이 있었던 모양이오. 전신극을 사용할 때 모습이 워낙 강렬해서… 그의 손에 전신극이 없다면 충분히 상대할 수 있다는 생각을 미처 하지 못했구려. 알겠소이다. 청허자께서 말씀하신 대로 따르겠소."

"나 역시 그가 여전히 두렵소이다. 하지만 그래도 전신극이 없다면……."

청허자 유정이 시선을 돌려 대량을 지그시 바라보며 중얼거렸다.

싸움은 반시진 이상 지속되었다.

정사의 절정고수들이 충돌한 싸움이라 장내는 한순간에 쑥밭이 되어갔다.

그리고 그 위로 시체가 쌓였다.

시산혈해…….

일백여 구에 이르는 시체가 전신극 주변에 쌓였고, 시신들 사이로 피가 강물처럼 흘렀다.

수백의 고수가 모였던 천마루 앞에서 이제 살아 숨 쉬는 인간의 숫자는 모두 합쳐 겨우 서른 명 정도. 그리고 그들 역시 결코 이 싸움에서 자유롭지 못했다.

"크하하, 이제 전신극은 귀주 이가장의 것이다!"

어른도 한 손으로 들기 힘든 장도. 그럼에도 그 장도가 작아 보이는 헌칠한 체격의 도객이 땅에 박혀 있는 전신극을 한 손으로 잡으며 호쾌한 웃음을 터뜨렸다.

귀주 이가장은 전통의 명문이라 부를 수는 없지만, 한 지방의 패주를 노려볼 만한 문파였다.

전신극을 손에 넣은 자는 그 이가장의 장주 이자문이었는데, 그는 이가장 역사상 가장 뛰어난 경지의 도법을 달성한 인물로 알려져 있었다.

그래서 그 힘을 바탕으로 한 당대의 이가장은 귀주를 벗어나 무림의 중심으로 힘을 뻗고 있었고, 최근에 들어서는 무림맹의 일에도 제법 많이 관여하고 있었다.

그런 이자문이었으므로 스스로 전신극을 지켜낼 수 있다는 자신감이 충만했다. 그리고 그것을 증명이라도 하듯, 지금껏 땅에 박힌 채 절대 뽑히지 않았던 전신극이 그의 손에 의해 땅속을 벗어났다.

번쩍!

눈부신 섬광. 땅속에서 전신극의 창날이 벗어나는 순간 또 하나의 태양이 뜬 것처럼 강렬한 빛이 번쩍였다.

"아!"

치열한 혈전에서 살아남은 무인들이 전신극의 눈부신 섬광에 놀라 뒤로 물러나면서 탄성을 흘렸다.

"좋구나!"

전신극을 손에 넣은 이자문이 전신극의 광채와 기운에 흠뻑

취한 표정으로 중얼거렸다. 그러더니 힘차게 전신극을 휘둘렀다.

우웅!

이자문의 손에서 전신극이 커다란 원을 그리며 허공을 갈랐다.

"악!"

한순간 비명이 터져 나왔다.

이자문의 의도한 바는 아니지만 전신극의 휘둘러지면서 일어난 강렬한 섬광에 노출된 무림인 한 명이 그 자리에서 절명했다.

"놀랍구나."

죽은 자가 누구인지는 애초에 관심이 없는 이자문이었다. 그는 단지 가벼운 손놀림만으로도 무림고수가 죽어나가는 전신극의 위력에 만족할 따름이었다.

그러나 죽은 자의 동료들은 달랐다.

"놈! 감히 군림성의 사람을 해하다니. 육시를 내주겠다."

십육마문의 후예들 사이에서 아직까지 싸움에 뛰어들지 않고 있던 자들 중 강렬한 인상을 지닌 초로의 고수가 대도를 휘두르며 이자문을 향해 달려들었다.

그로 인해 싸움의 양상이 완전히 변하기 시작했다.

"허! 저자를 왜 지금껏 못 알아봤지?"

불사 나왕이 이자문을 향해 달려드는 강렬한 인상의 고수를 보며 스스로를 자책했다.

"아시는 사람인가요?"

"몰라볼 수가 없는 사람인데… 아무래도 시간이 그의 외모를 조금 변하게 만든 것 같구나."

적월이 묻자 나왕이 대답했다.

"누군데요?"

오손도 호기심을 드러냈다.

"칠마 중 마룡 이척의 제자인 혈사자 여관호라는 자다."

"칠마요?"

오손이 놀란 눈을 크게 떴다.

"그렇다. 군림성의 성주였던 그 마룡 이척의 제자다. 음… 당시 무림맹 척살 대상 일급에 속하는 자였는데 결국 그 흔적을 찾지 못했었지. 변방으로 도주해서 추격대가 따라잡기에 불가능했었는데 역시… 숨어서 재기를 노리고 있었군."

"칠마의 제자라면 만만치 않겠는데요?"

"그럴 게다. 당시에도 혈사자 여관호의 명성은 마도 무리 중에서 손에 꼽혔으니까."

나왕이 고개를 끄떡였다.

그러자 사송이 나왕의 말을 거들었다.

"그렇지요. 전신극이 없다면 감히 이자문 같은 인물이 상대할 수 있는 자가 아니지요. 그런 면에서 보자면 전신극은 정말 무섭소이다. 오히려 이자문이 그를 압도하고 있지 않소이까?"

사송이 말했다.

싸움의 양상은 사송의 말대로 진행되고 있었다.

전신극을 든 이자문은 마치 칠마나 오선이라도 된 것처럼 여관호를 몰아치고 있었다. 본래 두 사람의 무공을 생각하면 도저히 일어날 수 없는 일이었다.

"군림성이라고 했나? 하하하! 이제야 전신극을 제대로 쓰는군. 십육마문의 잔당들을 벨 수 있다면 전신극의 주인으로서 보람 된 일이지. 머리를 내놔라!"

전신극을 든 이후 그 신비한 힘을 몸으로 체감하고 있는 이자 문이 자신감에 차 군림성의 후예 여관호를 향해 전신극을 휘둘 렀다.

쿠오오!

대량이 쓸 때와는 차이가 있으나 이자문의 손에서도 전신극 은 눈부셨다. 창이 지나가는 길을 따라 눈부신 빛 무리가 그려 졌고, 그 빛은 죽음의 빛이었다.

쩡!

혈사자 여관호가 두 손으로 도를 잡아 올려 전신극을 막았지 만 전신극의 강력한 힘에 도가 허무하게 부수어졌다.

퍼퍼퍽!

전신극에 의해 조각난 도의 파편들이 사방으로 흩어졌다.

"억!"

"컥!"

도편에 맞아 몇몇 무림인들이 신음을 토하며 쓰러졌다.

"마졸! 목을 내놔라!"

여관호의 도를 깨뜨려 버린 이자문은 기세가 등등했다. 그는 마치 천하를 지키는 정파의 수호신이라도 된 듯 여관호를 몰아 쳤다.

평소 무림에서 여관호와 이자문의 위치를 생각하면 상상할 수 없는 행동이었다.

"이놈……!"

안중에도 두지 않던 자에게 모욕을 당한 여관호가 이를 갈며 으르렁거렸다.

그러나 현실은 냉정했다. 장도가 전신극에 의해 산산조각 나 손에는 더 이상 병기가 없었다.

더군다나 전신극과의 충돌에서 적지 않은 내상을 입은 여관호였다. 지금으로서는 이자문이 휘두르는 전신극 아래에서 살아날 길이 없었다.

"목을 잘라주마!"

이자문이 여관호의 목을 노리며 소리쳤다.

그럼에도 불구하고 장내의 마도인들 중 누구도 여관호를 구하기 위해 나서지 못했다. 그만큼 전신극의 위력은 전율적인 것이었다.

그렇다고 모든 마도의 고수들이 두려움에 몸이 굳은 것은 아니었다. 여관호도 여관호지만 절대 전신극을 포기할 수 없는 인물이 마도인들 중에 있었던 것이다.

바로 구중천의 새로운 천주를 자처하는 후금이었다. 그로서는 자신의 사부였던 천마 파융의 애병 전신극이 이자문의 손에 들어가는 절대 두고 볼 수 없었다.

"놈! 분에 넘치는 물건을 탐하지 마라!"

촤아악!

후금이 노성을 터뜨리며 여관호를 목을 자르려는 이자문을 향해 날아들었다.

일단 후금이 싸움에 뛰어들자 이자문도 여관호의 목을 벨 여유를 갖기는 어려웠다.

"누구든 와라! 모두 상대해 주마!"

이자문이 전신극의 창날을 후금에게로 돌렸다.

번쩍!

후금을 향한 전신극의 창날이 눈부시게 번뜩였다.

대량이 전신극을 휘두를 때처럼 벼락의 그물들이 만들어지는 것은 아니지만, 이자문의 공력만으로도 전신극은 절정고수도 상대하기 힘든 신병의 위력을 발휘했다.

차앙!

그런데 전신극을 상대하는 후금의 모습이 다른 고수들과는 달랐다.

다른 정사양도의 고수들이 전신극을 상대할 때는 모두 젖 먹던 힘까지 짜내 위력에 대항했으나, 후금은 처음부터 전신극에 정면으로 맞설 생각을 하지 않았다.

대신 그는 전신극의 힘이 닿지 않은 사각을 미리 알고 있었던 것처럼 교묘하게 몸을 틀어 전신극의 힘을 흘려 받아내며, 미처 피하지 못한 전신극의 기운은 자신의 검기를 일으켜 슬쩍 방향만 틀어 밀어냈다.

"으음!"

물론 그럼에도 불구하고 후금은 나직한 신음 소리를 흘리며 뒤로 물러났다.

교묘하게 전신극의 힘을 흘려보냈음에도 온전히 전신극의 위력으로부터 자유롭지는 못했던 것이다.

그러나 어쨌든 후금은 전신극을 상대로 거의 유일하게 부상을 입지 않고 버텨낸 최초의 인물이었다. 아마도 후금이 전신극의 강력한 위력을 버텨낸 것은 이십여 년 전 전신극의 주인이었던 천마 파융의 제자이기 때문일 것이다.

그는 파융이 전신극을 사용하는 모습을 오랫동안 보았을 것이고, 덕분에 전신극에 대해 누구보다 잘 알고 있는 것이 분명했다.

전신극이 만들어낼 수 있는 강력한 힘, 전신극이 움직일 때 만들어지는 힘의 사각지대 등, 그는 전신극의 주인을 자처하는 이자문보다 전신극에 대해 훨씬 많은 것을 알고 있었다.

그리고 그런 후금의 모습에 이자문도 놀란 듯 보였다.

"구중천의 새로운 천주라고 했던가? 역시 뭔가 다르군. 전신극의 전대 주인 제자여서 그런가? 하지만 그래서 더욱 전신극에 목이 잘리면 특별하겠군."

이자문이 전신극의 위력을 반감시킬 줄 아는 후금에게 놀라면서도 여전히 후금을 벨 수 있다는 자신감을 드러냈다.

탁!

이자문이 가볍게 땅을 찼다. 그러자 전신극에 의지한 그의 몸이 허공으로 거의 삼 장 이상 솟구쳤다.

"어디 다시 한번 견뎌봐라!"

우웅!

전신극이 허공에서 만월 같은 빛의 무리를 만들어냈다. 그 빛 무리에 휩싸이는 모든 생명을 멸살시킬 것 같은 강렬한 살기도 함께 뿜어져 나왔다.

그 빛 무리가 향하는 곳에 당연히 후금이 있었다.

자신을 향해 떨어지는 전신극의 빛 무리를 보면서 후금의 눈에도 두려움이 떠올랐다. 그리고 그 두려움이 그를 다급하게 만들었다.

"모두 나서라. 건, 곤, 태, 세 방위를 찔러라!"

후금이 다급하게 구중천의 마인들에게 명을 내렸다.

후금의 명이 떨어지자 검은 무복을 입은 후금의 수하 셋이 앞으로 달려 나오며 후금의 말대로 건, 곤, 태 세 방위에서 이자문을 공격했다.

물론 이미 전신극의 빛 무리는 후금의 머리 위에 다가와 있었다.

"젠장!"

후금이 욕설을 뱉어내면서 굴욕적인 모습으로 땅을 굴렀다.

콰지직!

후금이 서 있던 자리에 전신극이 떨어지면서 지진이 난 것처럼 땅이 갈라지기 시작했다.

그러면서도 여전히 전신극의 빛 무리는 땅을 구르는 후금을 따라붙었다.

하지만 그런 전신극의 전진은 한순간 멈출 수밖에 없었다.

앞서 후금이 명을 내린 대로, 그의 수하들이 세 방위에서 이자문을 공격해 들어갔기 때문이다.

후금의 수하들은 마도의 무리 중에서도 극마에 도전하는 구중천의 마인들. 그들 중에서도 후금을 가까이서 호위하는 자들의 마공은 절정에 이르러 있었다.

그런 자들 셋이 전신극의 사각지대를 골라 공격해 오니 이자문도 더 이상 후금을 따라붙을 수 없었다.

대신 그의 분노가 후금이 아닌 자신을 공격하는 자들에게 폭발했다.

"모두 죽여주마!"

평소 이자문은 정파의 협사를 자처하는 인물이었는데, 이상하게도 전신극을 든 이후로는 마치 오랫동안 마도의 인물로 살아온 것처럼 흉포한 성정을 드러내고 있었다.

번쩍!

전신극이 다시 한번 화려한 광채를 뿜어냈다. 그러자 그 빛 무리가 순식간에 이자문의 몸을 휘감았다.

"으악!"

"큭!"

"음!"

동시에 세 마디 비명이 터져 나왔다.

전신극의 빛 무리가 채 사라지기도 전에 그를 공격했던 구중천의 마인 셋이 피를 뿌리며 사방으로 날아갔다.

"전신극을 상대할 자 그 누구냐? 모두 꿇어라!"

세 명의 구중천 마인을 한순간에 물리친 이자문이 기세등등한 표정으로 소리쳤다.

그런데 그 순간, 갑자기 후금의 목소리가 장내를 뒤흔들었다.

"모두 들으시오. 전신극은 장창으로써 상대를 공격할 때는 반드시 건곤태 세 방위에 빈틈이 생기오. 그러니 그 빈틈을 노려 공격하면 놈을 죽일 수 있을 것이오."

후금의 말이 거짓이 아니라는 것은 이미 증명됐다. 비록 그럼에도 불구하고 후금의 수하들은 피떡이 되어 쓰러졌지만, 팔방 중 건, 곤, 태 세 방위가 전신극을 쓰는 자의 허점이 된다는 것은 분명했다.

그리고 무림에서 일단 허점이 드러난 자가 만인의 공격을 버텨낸다는 것은 불가능한 일이었다.

"모두 놈을 공격해!"

앞서 이자문에게 호되게 당한 혈사자 여관호가 분노가 가득 찬 목소리로 소리쳤다.

그러자 그를 따르는 군림성의 마인들이 일제히 이자문을 공격하기 시작했다.

그에 뒤처질세라 다른 마도의 인물들 역시 이자문을 향해 뛰어들었다.

"모두 오너라! 이놈들!"

이자문이 자신을 향해 달려드는 마인들을 향해 노성을 터뜨렸다. 그러고는 전신극을 무지막지하게 휘둘러 대기 시작했다.

번쩍!

눈부신 섬광을 일으키며 허공에 부서지는 광채들. 그 광채들에 닿은 자들은 여지없이 피를 뿌리며 쓰러졌다.

그러나 앞서와 달리 일부의 마인들이 죽었다고 해서 이자문을 향한 공격이 멈추지는 않았다. 마도의 인물들은 후금이 말한 전신극의 허점을 찾아 집요하게 이자문을 공격했다.

그리고 결국에는 그 공격이 결실을 맺었다. 한순간 한 자루 검이 거짓말처럼 이자문의 옆구리를 베고 지나갔다.

서걱!

"욱!"

무지막지하게 창을 휘두르던 이자문의 입에서 나직한 신음성이 흘러나왔다.

순간 그의 몸이 휘청거리더니 전신극의 위력이 크게 줄어들었다.

"이놈, 죽어라!"

이자문이 부상을 당하고 전신극이 제대로 위력을 발휘하지 못하자 흉포한 마도인들이 죽음을 무릅쓰고 이자문을 공격했다.

이자문은 부상을 입은 와중에 마인들의 공격에 맞서 연신 전신극을 휘둘렀으나 이미 그의 몸 여러 곳에서 피가 뿜어져 나오고 있었다.

조금만 더 공격을 받다가는 결국 전신극을 지키는 것은 고사하고 그 역시 죽고 말 것이 분명해질 때쯤, 싸움을 지켜보고 있던 정도의 고수들이 싸움에 뛰어들었다.

비록 대량의 계책인 줄은 알고 있지만 전신극이 마도인들, 특히 구중천의 새로운 천주이자 천마 파융의 제자인 후금의 손에 들어가는 것을 두고 볼 수는 없었던 것이다.

"마졸들은 당장 물러나라!"

소림의 노선승 혜찬의 사자후가 터져 나오는 것을 신호로, 생존해 있던 오십여 명의 무림고수들이 새롭게 싸움에 뛰어들었다.

결국 모든 것은 대량의 의도대로 이루어졌다.

정사양도의 고수들이 결코 원치 않았던 공멸의 대결을 벌이기 시작한 것이다.

그 모습을 전장과 멀찍이 떨어진 바위 위에서 대량이 턱을 괴고 흥미롭게 바라보고 있었다.

제2장
북두산문

"정말 대단하군요."

적월이 바위 위에 앉아서 낄낄거리며 정사양도의 혈전을 웃는 얼굴로 지켜보는 대량의 모습에 혀를 내두르며 고개를 저었다.

"그러게 말이다. 결국 그가 원하는 대로 되었구나."

불사 나왕도 고개를 끄떡였다.

장내의 상황은 전신극의 사내 대량이 원하는 대로 진행되고 있었다. 정사양도의 고수들은 모두 대량이 양쪽의 공멸을 원하고 있다는 것을 알면서도 싸움을 멈추지 못했다.

그리고 그 결과는 결국 공멸이었다.

삽시간에 정사양도의 숫자가 절반으로 줄어들었다. 전신극의 주인을 자처하던 이자문은 온몸이 난도질당한 후 결국 차가운 땅바닥에 처참하게 쓰러졌다.

이후 전신극은 여러 사람의 손을 거쳤다. 그러나 누가 전신극을 잡든 일각 이상 전신극을 지킨 사람은 없었다.

전신극의 허점, 팔방 중 건, 곤, 태 세 방위에 빈틈이 생긴다는 사실이 알려지자 전신극의 전율적인 위력도 그 주인을 온전하게 보호해 주지 못했다.

그래서 결국 전신극은 다시 땅속 깊이 꽂혔다.

전신극을 드는 순간 정사양도의 절정고수들이 그 한 사람을 도륙하기 위해 달려드는 이상, 누구도 함부로 전신극에 손을 대지 않았다.

그래서 싸움의 양상은 전신극은 놓아두고 그 주위에서 벌어졌고, 그건 곧 공멸을 향한 여정이었다.

더불어 정사양도 중 한쪽이 완전히 멸절되기 전에는 전신극의 주인을 결정할 수 없는 상황이었다.

"아아, 정말 지독한 싸움이군."

자왕 사송이 치를 떨며 말했다.

정사혈전에서 살아남은 자들의 숫자는 겨우 삼십여 명, 후금이나 여관호, 혹은 소림승 혜찬이나 무당의 청허자 정도의 고수들조차 온몸에 피 칠을 한 채 지쳐가고 있는 상황이었다.

"왜 싸움을 멈추지 않을까요? 결국 저렇게 가다가는 모두 죽고 말 것을 알면서?"

오손이 도저히 이해할 수 없다는 듯 말했다.

"사람이 적을수록 전신극의 주인이 될 가능성이 커지기 때문이지."

불사 나왕이 냉정하게 말했다. 그의 말투는 지금 천마루 앞에서 싸우고 있는 자들은 모두 죽어도 싸다는 듯 서늘했다.

"결국 모두 죽어야 끝이 나는 건가요?"

오손이 슬쩍 불사 나왕을 바라봤다. 나왕이라면 이 싸움을 이쯤에서 끝낼 수 있지 않느냐는 표정이었다.

그러나 나왕은 냉정했다.

"이 싸움은 누구도 멈추게 할 수 없다. 한번 타오르기 시작한 욕망의 불꽃은 어떤 것으로도 끌 수 없으니까. 죽음이라는 어둠이 찾아오기 전에는 말이다."

불사 나왕이 독심이라 불리는 이유가 여실히 드러나는 순간이었다. 그런데 그런 불사 나왕조차도 순간순간 눈살을 찌푸릴 때가 있었다.

그럴 때마다 그는 한 사람을 보고 있었다.

송가장의 소장주 송검산이었다.

송검산은 의지하던 송가제일검 송옥이 더 이상 싸울 수 없을 만큼 부상을 당한 상황에서도 간간히 탐욕의 눈길을 드러내며 싸움에 뛰어들곤 했다.

물론 송검산의 무공도 뛰어났다.

송가장은 천하구패 중 일문, 그런 곳의 후계자가 무공이 약할 리 없었다.

하지만 그렇다고 약관을 갓 넘긴 그의 무공이 정사양도의 절정고수와 비견될 수는 없었다.

현명한 인물이라면 당연히 싸움에서 물러나 자신의 목숨을 보존할 테지만, 송검산의 탐욕은 그를 여전히 싸움터 주변에 머물게 했다.

그래서 가끔 전신극 주변에 사람이 없을 때는 빠르게 전신극을 향해 다가갔다가, 이내 정사양도 고수들의 위세에 밀려 급히 물러나곤 했다.

그런 송검산의 행보가 한때 그의 스승이었던 불사 나왕의 눈살을 찌푸리게 만들고 있었다.

"지금이라도 데려오시죠?"

적월이 불사 나왕의 마음을 짐작하고는 조심스럽게 물었다.

"누굴?"

나왕이 되물었다.

"계속 지켜보고 계셨잖아요."

적월이 송검산을 가리키며 말했다.

"이젠 나와 상관없는 아이다."

"그래도 정이 남아 계실 것 아니에요."

"정이라… 어린 시절 저 아이를 거의 업어 키우다시피 했지. 저 아이도 날 잘 따랐고. 하지만 그것이 어린아이임에도 불구하고 내 무공을 탐낸 영악한 마음에서였다는 것을 알게 된 순간, 더 이상 저 아이에 대한 애정은 남지 않게 되었다. 다만……."

나왕이 잠시 무심한 표정으로 말을 끊었다. 적월과 다른 사람들도 나왕의 말을 재촉하지 않았다.

잠시 후 나왕이 다시 입을 열었다.

"다만 씁쓸할 뿐이다. 겨우… 저 정도였나. 나의 가르침은 정말 아무 소용이 없었구나 하는 생각에……."

나왕이 송검산에게 가르친 것은 무공만이 아니었다.

강호에서의 행보, 사람을 대하는 방법, 강호의 싸움에 임하는 자세 등 나왕은 자신이 알고 있는 모든 지식을 송검산에게 전하려고 노력했었다.

그런데 오늘 송검산의 모습은 나왕의 그런 가르침을 모두 잊은 사람 같았다.

"보물에 눈이 멀었으니 대협의 가르침을 기억할 수 있겠소이까? 비단 저 친구의 문제만은 아닐 것이오."

사송이 위로하듯 말했다.

"그렇긴 하지만 그래도… 역시 내가 어리석었던 것 같소. 사람을 보는 눈이 그렇게 없었을까."

"자책하지 마시구려. 누군가 마음먹고 사람을 속이려 하면 속지 않을 사람이 없는 것이 세상일 아니겠소이까. 다만 진실이란 놈은 항상 너무 늦게 드러나니 문제지. 그게 인간사의 슬픔 아니겠소."

사송이 다시 나왕을 위로했다.

그런데 송검산을 향한 나왕의 넋두리는 그쯤에서 멈출 수밖에 없었다.

드디어 그가 움직였기 때문이다.

"그가 움직여요."

그의 움직임을 가장 먼저 눈치챈 사람은 오손이었다.

오손의 말에 사람들이 일제히 시선을 돌렸다. 그러자 느긋하게 바위 위에서 날아내리는 대량의 모습이 보였다.

저벅저벅!

대량이 어슬렁거리듯 걸음을 옮겼다.

그는 마치 지금 자신의 앞에서 어떤 싸움도 일어나지 않는 것처럼 행동하고 있었다. 그의 앞에서 정사양도의 절정고수들이 목숨을 걸고 혈전을 벌이고 있었지만 그에게는 그런 치열한 혈전이 눈에 보이지 않는 모양이었다.

그리고 또 이상한 일이 있었다.

그는 분명 싸움의 한가운데를 향해 걸어가고 있었지만, 강호의 고수들 중 그 누구도 그를 막지 않는다는 것이었다.

오히려 그들은 대량을 피하는 것처럼 보였다.

하지만 그건 사람들의 착시였다.

사실 대량은 정사양도의 고수들이 자신을 공격하지 못할 지점을 정확하게 찾아 그 빈틈으로 걸음을 옮기고 있었던 것이다.

만약 누군가 그를 향해 움직인다면 그자는 반드시 지금 자신이 상대하고 있는 적에게 허점을 보이고 말 것이다. 대량은 그렇게, 자신에게 신경을 쓸 수 없을 만큼 급박한 자들 사이만을 찾아 걷고 있었다.

그래서 정사양도의 고수들은 대량이 전신극을 향해 다가가고 있음에도 누구 하나 함부로 몸을 움직여 대량을 막지 못했다.

그런 것을 보면 대량의 심기는 수십 년 강호를 종횡한 노련한 고수들조차도 혀를 내두를 만큼 대단한 것이었다.

그러나 그런 대량도 결국 누군가에게는 방해를 받을 수밖에 없었다.

다른 사람은 몰라도 적어도 소림승 혜찬이나 무당의 청허자, 혹은 구중천의 새로운 천주 후금 등 마도의 수뇌들은 대량의 손에 전신극이 다시 들어가는 것을 절대 용납할 수 없었기 때문이다.

대량의 손에 전신극이 다시 들리는 순간 이 싸움의 최후의 승자가 그들이 아닌 대량이 될 것이 분명했다. 그러니 그들로서는 대량을 그냥 놓아둘 수 없었다.

"놈, 멈춰라!"

가장 급한 것은 구중천의 새로운 천주 후금이었다.

그는 전신극에 대한 자신의 특별한 권리를 지키기 위해 상대하던 소림승 혜찬을 놓아두고 대량을 향해 움직였다.

그런데 그런 후금을 소림승 혜찬 역시 공격하지 않았다. 혜찬 역시 전신극이 대량에게 손에 들어갔을 때 일어날 일을 누구보다 잘 알고 있었기 때문이다.

다른 사람이 전신극을 취했을 때는 후금에 의해 알려진 전신극의 약점을 파고들어 전신극의 위력을 약화시킬 수 있었지만, 대량의 경우는 달랐다.

어젯밤부터 시작된 이 피비린내 나는 혈전에서 대량이 전신극을 쓸 때만큼 일방적인 우세를 점한 사람은 없었다. 전신극을 든 대량은 거의 신적인 무위를 선보였고, 강호의 고수 그 누구도 그를 막을 수 없었다.

그래서 혜찬이나 구중천의 천주 후금 역시 짐작하는 것이 있었다.

적어도 대량에게는 후금이 말한 전신극의 약점들이 약점이 아니라는 것을, 그는 분명 그 약점들을 극복할 방법이 있다는 것을, 그리고 그렇게 약점을 극복한 전신극은 전설에서 말하는 것처럼 전신 치우의 병기가 되는 것이었다.

그러니 아무리 후금이 십육마문의 후예라 해도 혜찬은 대량을 막기 위해 움직이는 그를 막을 수는 없었다.

오히려 지금은 그를 도와 함께 대량을 막을 시기였다.

혜찬 역시 대량을 향해 몸을 날렸다.

그러자 방금 전까지 서로를 죽일 듯 공격하던 정사양도의 고수들이 갑자기 싸움을 멈추고 대량 한 명을 향해 이리 떼처럼 달려들었다.

그런데 자신을 향해 강호의 절정고수 수십 명이 달려드는 순간 대량의 입가에는 가벼운 미소가 지어졌다.

"늦었어."

대량이 비웃듯 한마디를 내뱉는 순간 그의 신형이 갑자기 사람들의 시야에서 사라졌다.

그리고 눈 깜짝할 순간에 땅에 꽂혀 있던 전신극 앞에 나타나더니 태연하게 전신극을 잡아 뽑았다.

번쩍!

대량의 손에 들린 전신극은 뿜어내는 광채부터가 달랐다.

다른 자들이 전신극을 손에 넣었을 때 만들어내던 빛이 보름달 같다면 대량이 만들어내는 전신극의 빛은 눈부신 태양 같았다.

그래서 그가 전신극으로 광채를 만들어내는 순간, 그를 공격하려던 강호의 고수들은 그 눈부신 광채에 잠시 시야를 잃고 황급히 뒤로 물러났다.

상대의 실체를 잃어버린 상태에서 반격을 당하면 속절없이 죽을 것이기 때문이었다.

하지만 그런 신속한 움직임에도 불구하고 대량의 전신극이 만들어낸 눈부신 빛 무리는 이미 일부 고수들의 머리 위에 드리워지고 있었다.

"악!"

"커억!"

전신극이 만들어내는 거미줄 같은 벽력의 그물에 걸려드는 순간 사람들은 여지없이 비명을 지르며 쓰러졌다.

그리고 그 비명 소리가 살아남은 사람들을 더욱 다급하게 만들었다. 정사양도의 고수들은 대량의 전신극을 피해 좀 더 멀리까지 몸을 피했다.

대량은 그런 무림인들을 쫓지 않았다. 대신 그는 광오한 웃음을 터뜨리며 무림인들을 협박했다.

"하하하, 이제 알겠지? 이 전신극의 진정한 주인이 누군지. 그러니 고집들 부리지 말고 내 앞에 무릎을 꿇어라. 정사양도의 고수들을 수하로 두는 것도 나름 의미 있는 일이니까. 아니면… 결국 이 천산에서 모두 죽게 될 거야. 난 절대 이곳에 온 자들 누구도 살려 보내지 않을 테니… 물론 운이 좋아 내 손을 빠져나간다 해도 결국 사부의 손에 죽게 될 테고."

대량의 광오한 경고에 정사양도의 고수들 얼굴이 공포로 물들었다.

"젠장할……."

사송이 갑자기 욕설을 뱉어냈다.

"왜요? 뭐가 또 잘못됐어요?"

오손이 겁먹은 표정으로 물었다.

"무영보(無影步)야."

사송이 신경질적으로 대답했다.

"그게 뭔데요?"

"저자가 쓴 보법 말이다."

"한순간에 사람들의 시야에서 사라졌던 그거요?"

"그래."

"그게 무영보라는 거예요?"

"맞다. 신왕 형님의 보법이지."

사송이 침통하게 말했다.

대량이 신왕 학사검 종선의 무공을 또 하나 선보였다. 이렇게 된 이상 그가 학사검 종선과 인연이 있는 것은 확실했다. 하나면 모를까, 두 가지씩이나 우연히 무공을 얻을 수는 없기 때문이었다.

"뭐… 사연이 있겠죠."

오손이 달리 사송을 위로할 말이 없다는 듯 얼버무렸다.

"알아봐야겠지."

사송이 두 주먹을 말아 쥐며 말했다.

"지금 나서게요?"

오손이 놀란 표정으로 말했다.

"아니, 아직은 아니다."

불사 나왕이 단호하게 말했다. 자왕 사송이 미처 대답을 하기도 전이다.

"그럼 언제요?"

오손이 다시 물었다. 물론 이번 질문의 상대는 불사 나왕이었다.

"저들이 나선 이후에."

나왕이 여전히 숲속에 머물고 있는 북두산문을 보며 말했다.

북두산문의 문주 백완과 그의 수하들은 서서히 병장기를 점검하고 있었다. 숲에서 나가 대량과의 싸움에 뛰어들 준비를 하기 시작했다는 의미였다.

"가능할까요?"

적월이 나왕에게 물었다.

"뭐가 말이냐?"

"북두산문주가 그를 상대할 수 있을까요?"

적월이 질문을 고쳐서 물었다.

그러자 나왕이 고개를 갸웃하며 잠시 생각에 잠겼다가 대답했다.

"글쎄… 혹 모르지."

"아니, 저 여문주가 전신극의 주인을 상대할 수도 있다고요?"

나왕의 대답에 놀란 것은 오손이었다.

천하의 고수들이 모두 달려들어도 그들을 농락하며 최후의 승자로 남아 있는 전신극의 주인 대량이었다. 그런 대량을 백완이 상대할 수 있을지도 모른다는 말은 확실히 놀라운 것이었다.

하지만 적월에게는 나왕의 말이 특별한 것이 아닌 듯했다. 오손의 되물음에 나왕이 대답하기 전, 적월이 다시 나왕에게 물었다.

"완성했을까요?"

"글쎄… 완전하게는 아니어도, 적어도 구패의 주인들을 상대할 정도는 될 것이다."

나왕이 대답했다.

"그렇다면 승부를 걸 만하군요. 이러니저러니 해도 저 대량이라는 인물 역시 지친 것은 마찬가지일 테니까요. 더군다나 남아있는 사람들은 모두 정사양도의 절정고수들… 싸움이 끝날 즈음이면……."

"두고 보자꾸나. 과연 고금제일검 백초산의 마하공이 보여주는 무공의 정수가 어떤지."

나왕이 호기심을 드러내며 말했다.

그러나 적월은 그런 나왕의 표정 속에서 백완에 대한 걱정을 놓치지 않았다.

북두산문의 고수들이 싸움에 뛰어들 준비를 하는 동안에도 대량의 사냥은 계속되고 있었다.

대량은 넓게 흩어진 정사양도의 고수들을 동서남북 사방으로 따라잡으며 도륙했다.

확실히 대량은 전신극이 장창으로 가지는 약점, 후금에 의해 고수들에게 알려진 약점을 드러내지 않았다. 전신극에 대한 깊은 이해를 바탕으로 무공을 성취한 것이 분명했다.

그래서 대량에게 사냥을 당하는 동료들을 보면서도 정사양도의 고수들은 자기 목숨을 챙기기 바빴다. 정파에서는 이미 그 이름만으로도 강호를 뒤흔들 만한 고수들이 여럿 죽은 이후였다.

남궁세가의 남궁중지, 악가의 악패, 그리고 만무회의 소회주 상황을 비롯한 그 주요 고수들⋯ 그들이 모두 대량의 손에 죽임을 당했다.

마도에서도 군림성의 성주를 자처한 혈사자 여관호를 비롯해 거의 모든 마인들이 죽임을 당했고, 살아 있는 자는 채 대여섯이 되지 않았다.

그렇게 정사양도의 고수들 중 살아남은 자가 이십 명 안쪽으로 줄어들자 그들은 자연스레 다시 한곳으로 모이기 시작했다.

이젠 정사를 떠나 오직 생존을 위해 힘을 모아야 하는 처지가 되었기 때문이다.

이십 년 전 칠마의 난 때 처절한 쟁투를 벌였던 자들, 아니, 당장 오늘 전신극을 두고 서로를 죽이기 위해 싸웠던 정사양도의 고수들이 결국 대량 한 명을 상대하기 위해 어울리지 않는 동행을 다시 하게 되었던 것이다.

"후후, 이거 정말 재미있군. 쭉정이들은 모두 죽고⋯ 아니, 뭐, 아직 죽지는 않고 버러지처럼 살아 있는 것들도 있지만. 아무튼 너희들이 오늘 이곳에 온 자들 중 가장 고수들이지? 자, 다시 한 번 기회를 준다. 나의 종복이 되겠느냐?"

대량이 한 군데 모여 있는 정사양도의 고수들을 보며 물었다.

그러자 소림의 혜찬이 얼굴이 벌겋게 달아오른 채로 소리쳤다.

"악적, 어찌 목숨을 구하고자 천하의 대살인마의 수하가 될 수 있겠느냐?"

"후후후, 이보시오. 스님! 소림은 과거 마도의 영웅에게 굴복한 적이 없다는 거요?"

대량이 물었다.

"물론 일시적인 굴욕을 견딘 시절이 없었던 것은 아니나……."

"그럼 지금도 그렇게 하시오. 잠깐 고개를 숙이면 살려준다니까? 고고한 척은……."

대량이 혀를 찼다.

"놈! 감히 소림을 농락하는 것이냐?"

"제길, 농락이 아니라 스님은 정말 죽이기 싫어서 이러는 거요. 내가 사실 보기완 달리 부처님을 무서워한단 말이오. 에이 그것도 뭐, 싫으면 말고. 당신! 당신은 어때?"

대량이 전신극을 들어 후금을 가리켰다.

그러자 후금의 얼굴에 숨길 수 없는 갈등의 빛이 떠올랐다. 후금은 소림승 혜찬과는 근본이 다른 인물이었다.

그가 이끄는 구중천이 마도의 종주를 자처하고 있지만, 결국 근본은 정도에 대한 믿음이 없는 마인들, 마인들에게는 강자존의 법칙이 그 무엇보다 우선이었다. 그런 면에서 보자면 지금 그가 대량에게 무릎을 꿇는다 해도 이상할 것이 없었다.

하지만 후금은 잠시 망설이다가 끝내 대량에게 항복하기를 거부했다.

"난 천마 파융의 제자이자 구중천의 천주다. 어찌 이름 없는 자에게 머리를 숙일까?"

후금이 호기롭게 소리쳤다.

"호오? 예상 밖이군. 마인을 자처해 강함에 순응할 줄 알았는데……."

"내 반드시 돌아와 네 목을 자르고 말 것이다! 모두 이곳을 떠납시다."

호기롭던 모습과 달리 후금이 선택한 것은 도주였다.

그는 자신의 말이 채 끝나기도 전에 몸을 날려 북쪽으로 바람 같은 속도로 도주하기 시작했다.

그러자 살아남은 마도의 고수들 역시 후금을 따라 북쪽으로 몸을 날렸다.

갑작스러운 후금 등의 도주에 대량이 어이없는 표정을 지으며 투덜거렸다.

"원 참, 물색없는 놈이네. 구중천의 천주를 자처하는 놈이 이런 식으로 도망을 가? 후우… 그래 봐야 네놈들이 갈 곳은 없어. 사부가 기다리고 있을 테니까. 그래도 아깝네. 거두면 쓸모 있는 자들이었을 텐데. 결국 저놈들은 사부가 얻게 되겠군."

대량이 도주하는 후금 등을 추격하지 않고 입맛을 다셨다. 그러다가 시선을 다시 혜찬 등에게로 돌렸다.

"저놈들은 사부에게 양보해도 당신들은 내가 얻었으면 좋겠는데… 다시 한번 생각해 보시오, 스님!"

"그런 제안을 하기에는 시주가 저지른 살생이 너무 과하지 않은가? 지금이라도 전신극을 내려놓고 살업을 멈추면 죽이지 않고 소림으로 데려가 평생 참회하며 살 수 있는 기회를 주겠소."

혜찬이 부드러운 목소리로 말했다.

"후우… 결국 안 된다는 말이군. 그럼 어쩔 수 없지. 모두 죽일 수밖에."

대량이 전신극을 고쳐 들었다.

그러자 다시 전신극에서 눈부신 광채가 일렁이기 시작했다. 그러나 사실 자세히 보면 처음 대량이 싸움을 시작할 때보다는 많이 약해진 광채였다.

아무리 대량이라 해도 정사양도의 절정고수들을 홀로 상대하다 보니 진기의 소모가 적지 않았던 것이다. 그러나 그럼에도 불구하고 그의 손에 전신극이 들려 있는 한 그는 여전히 압도적인 고수였다.

"좋은 곳으로 가시오, 스님!"

콰릉!

대량이 혜찬에게 작별 인사를 하는 동시에 전신극을 휘둘렀다. 그러자 천둥 치는 소리가 터져 나오면서 가느다란 벽력의 줄기들이 그물처럼 이어져 혜찬 등 정파 고수들을 향해 날아갔다.

소림승 혜찬과 무당의 청허자가 중심이 된 무림의 고수들이 급히 병장기를 들어 대량의 공격에 대응했다.

평소 함께 합격술을 수련한 적은 없지만 워낙 뛰어난 고수들이라 자연스레 대량의 전신극을 상대로 단단한 방어막이 형성됐다.

콰앙!

대량의 전신극이 무지막지한 소리를 내면서 혜찬 등이 만든 방어막 위에 떨어졌다.

"욱!"

"큭!"

절정의 고수들이 진을 형성했음에도 한 번의 격돌에서 손해를 본 쪽은 혜찬 등 정파의 고수들이었다.

단 한 번의 공격으로 방어막은 흐트러졌고, 두 명의 고수가 피를 뿌리며 뒤쪽으로 날아갔다.

"자, 마지막을 화려하게 장식해 봅시다."

대량이 신이 난 듯 혜찬 등을 공격하며 소리쳤다.

"놈! 천하에 다시없는 살귀로다!"

청허자 유정이 두려운 빛을 보이면서도 이를 악물며 대량의 공격에 맞섰다.

소림승 혜찬 역시 죽음을 각오하고 선장을 들어 대량을 공격했다.

그렇게 다시 한번 절정고수들이 충돌했다.

쿠웅!

다시금 묵직한 충돌음이 일어나고 혜찬과 청허자 유정이 비틀거리면서 대여섯 걸음 뒤로 물러났다.

"큭!"

"음……."

청허자 유정의 입에서 붉은 피가 흘렀고, 소림승 혜찬 역시 얼굴에서 핏기가 사라진 채 비틀거렸다.

"후욱!"

이번만큼은 대량도 제법 공력이 소모가 컸는지 크게 숨을 들이쉬었다. 그러면서 감탄한 표정으로 말했다.

"역시 구패, 그중에서도 소림, 무당, 화산, 삼정은 다른 건가? 이렇게까지 버텨낼 줄은 몰랐군. 그래도 뭐… 이젠 죽어야 할 테지만."

대량이 싸움을 빨리 끝내고 싶은지 힘을 회복하기도 전에 다시 전신극을 들어 올렸다.

그 모습을 보며 유정과 혜찬이 질린 표정을 지으면서도 역시 검과 선장을 부여잡았다. 그런 그들의 눈에서는 뜨거운 투기가 흘러나오고 있었다.

죽음을 각오한 명문정파 노고수들의 결기는 대량조차도 탄복하게 만들었다.

"왜 그대들이 무림 천 년의 기둥이라 불리는지 알겠어. 이래서… 강호에 나가면 그대들 문파부터 정리해야겠단 생각이 드는 군. 가장 위험한 자들이니까. 그리고 일단 시작은 그대들부터! 핫!"

대량이 경고와 함께 기합성을 터뜨리며 허공으로 떠올랐다.

대량의 몸이 삼사 장 높이로 떠올랐다. 지쳐 있는 것을 생각하면 가공할 공력이다.

대량으로서도 무리한 움직임이기는 했다. 하지만 남아 있는 적은 겨우 대여섯, 그들이 마지막이었으므로 힘을 아낄 이유가 없었다. 하물며 상대는 소림과 무당의 절정고수들이 아닌가.

콰아아!

대량이 휘두른 전신극이 다시 그 아름다운 빛 무리를 만들어 냈다. 아름답지만 치명적인 살기를 머금은 빛 무리가 살아남은 네 고수의 머리 위로 황혼처럼 떨어졌다.

그 빛에 물들면 단번에 붉은 혈화가 피어오르는 것을 모르는 사람은 없었다. 그래서 유정과 혜찬 등도 모든 힘을 쏟아내 자신들의 병기를 쳐올렸다.

콰르릉!

다시 장내에 거대한 충돌이 일어났다. 일 장 넘게 땅이 파이고, 돌덩이가 사방으로 날아갔다.

대량의 전신극에서 일어난 빛 무리는 수백 개의 유성으로 터져 나갔다.

"악!"

"커억!"

다시 죽음의 비명 소리가 들리고 무림고수 중 둘이 피떡이 되어 쓰러졌다.

청허자 유정과 소림승 혜찬은 겨우 목숨을 건졌으나, 온몸이 불에 탄 듯 검게 변해 있었고, 가볍지 않은 내상을 입어서 제대로 서 있기도 힘든 모습이었다.

대량 역시 그리 편해 보이지는 않았다.

가슴 한쪽 옷자락이 길게 베어져 바람에 펄럭이고 있었다. 물론 그 안쪽 살은 멀쩡했다. 그러나 그가 싸움을 시작한 이후 이렇게 길게 옷자락을 베인 것은 처음이었다.

그리고 정작 문제는 검상이 있고 없고가 아니라 그의 공력이었다. 화수분 같던 공력도 영원할 수는 없어서 대량 역시 얼굴에서 핏기가 사라진 상태였다.

충돌 직후에는 전신극으로 몸을 지탱해야 할 정도로 공력을 소모한 듯싶었다.

"흐흐흐, 정말 좋군. 이런 대결이라니……"

전신극에 의지해 잠시 휴식을 취한 대량이 이내 기운을 회복하고는 나직한 웃음을 흘렸다.

자신을 지치게 만든 싸움에 만족하는 모양이었다. 그러면서도 그는 마지막 즐거움을 잊지 않았다.

우웅!

대량의 전신극이 가볍게 한 바퀴 회전했다. 그러자 땅을 향해 있던 창날이 그의 어깨 위로 올라갔다.

"고통 없이 죽여주겠소."

대량이 더 이상 싸울 힘이 없는 혜찬과 유정을 보며 정중하게 말했다. 그러고는 망설이지 않고 두 사람을 향해 전신극을 휘둘렀다.

웅!

이번만큼은 전신극에서 빛이 일어나지 않았다.

대량에게 그만한 공력이 남아 있지 않은 것일 수도 있고, 지친 혜찬과 유정을 베는 데 굳이 전신극의 벽력이 필요 없다고 생각했을 수도 있었다.

하지만 비록 벽력이 일어나지 않았어도 전신극은 날카로운 병기였다. 시퍼런 살기를 담은 창날이 혜찬과 유정을 향해 차갑게 날아갔다.

결국 두 절정고수의 목숨이 한순간에 사라지려는 찰나, 갑자기 한 줄기 백색 기운이 대량을 향해 빛과 같은 속도로 뻗어왔다.

번쩍!

전신극이 한순간 빛을 일으켰다.

그러나 그 빛은 소림승 혜찬과 청허자 유정을 베기 위해 일어난 것이 아니었다.

전신극이 광채를 뿜어내는 순간 대량을 향해 뻗어오던 백색 기운이 전신극의 광채와 충돌했다. 대량은 자신을 기습으로부터 보호하기 위해 전신극의 벽력을 일으킨 것이다.

콰앙!

모든 싸움이 끝났다고 생각하는 순간, 새삼스럽게 지금까지의 그 어떤 충돌보다 강력한 충돌이 일어나 천마루를 뒤흔들었다.

"누구냐?"

대량이 충돌의 여파에 잠시 몸이 흔들렸지만, 이내 자세를 바로잡고 자신을 기습한 자를 찾으며 소리쳤다.

그러자 대답 대신 날카로운 화살들이 대량을 향해 날아들었다.

쐐애액!

대낮에 날아오는 화살이라도 빠르기만 하면 눈에 보이지 않는다. 대량을 향해 날아오는 화살들이 그랬다.

강궁으로 쏘는 화살들이 분명했고, 화살들을 흰색의 도료로 칠해 대낮에 상대의 눈을 피하기 좋게 만든 화살들이었다.

그러나 대량은 화살을 눈으로 보고 피하는 사람이 아니었다.

"가소로운!"

대량이 노성을 토하며 전신극을 맹렬하게 휘둘렀다.

쩌저적!

전신극이 언제나처럼 벽력의 그물을 만들어 허공을 빛으로 가득 메웠다.

따다당!

전신극의 진기에 닿은 화살들이 비명을 지르며 부러지거나 엉뚱한 방향으로 날아갔다.

"나서라. 웬 놈들이냐?"

간단하게 화살들을 쳐낸 대량이 호랑이처럼 포효했다.

그러자 숲에서 일단의 사람들이 달려 나오며 다시금 대량을 향해 연달아 화살을 퍼부었다.

"살인마는 지옥으로 가라!"

화살을 쏘며 달려 나오는 자들 중 중년의 사내가 차갑게 소리쳤다.

더불어 화살만큼 빠른 속도로 대량을 향해 날아왔다.

쐐애액!

화살의 뒤를 따라온 자가 대량을 향해 쾌검을 뻗어냈다.

"놈!"

대량이 노성을 터뜨리며 전신극을 사선으로 그어 올렸다.

쩌적!

전신극에서 일어난 벽력이 그와 적들 사이의 공기를 일그러뜨렸다.

그러자 한순간 그를 향해 날아오던 화살과 그 뒤를 따라 닥쳐들던 중년 사내의 검기 모두가 허공에서 구부러지는 듯한 착시가 일어났다.

"가랏!"

대량이 전신극의 힘으로 멈추게 만든 화살과 검을 튕겨내려는 듯 창을 휘둘렀다.

그러자 그를 향해 날아들던 화살과 검이 방향을 바꾸어 자신들을 쏘아낸 주인들을 향해 되돌아갔다.

"웃!"

가장 앞서 있던 쾌검의 주인이 화들짝 놀라 다급하게 땅을 굴렀다.

팟!

그런 그의 등을 되돌아온 화살 하나가 스치고 지나갔다.

다른 화살들 역시 숲에서 달려 나와 대량을 향해 달려들려던 자들을 향해 되돌아갔다.

그러나 그런 식의 반격이 대량에 대한 공격을 멈추게 하지는 못했다.

"한 번 더!"

누군가가 외치자 다시 숲에서 화살이 쏟아졌다. 아마도 화살을 쏘는 자들 중 일부는 여전히 숲에 숨어 있는 듯했다.

쐐애액!

수십 대의 화살이 대량의 몸 위로 재차 쏟아졌다.

대량 역시 앞서와 마찬가지로 전신극을 휘둘러 화살을 막았다.

그런데 그 순간 대량을 향해 다시금 소림승 혜찬과 청허자 유정의 목숨을 살려냈던 백색의 빛줄기가 뻗어왔다.

번쩍!

콰릉!

화살에 섞여 들어온 빛줄기가 전신극의 광채와 격돌하는 순간 또다시 천마루를 뒤흔드는 굉음이 터져 나왔다.

그리고 대량이 두어 걸음 뒤로 물러났다.

"호오!"

뒤로 물러난 대량의 입에서 조금 놀란 듯한 음성이 흘러나왔다. 그리고 두 번이나 자신을 방해한 백색 빛줄기의 주인을 찾아 빠르게 시선을 돌렸다.

그런 그의 눈에 백색의 무복을 입은 한 여인이 보였다.

머리를 모아 상투를 튼 것처럼 짧게 묶었으나 타고난 아름다움을 숨길 수 없는 여인, 나이는 중년으로 보였지만 젊음의 아름다움을 능가하는 신비함을 지닌 여인, 그러면서도 눈빛은 한없이 차가워서 시선이 마주치면 감정이라는 것이 있는 여인일까 의심되어지는 여인이 한 자루 검을 들고 대량을 향해 다가오고 있었다.

그리고 그녀를 중심으로 심상치 않은 기운을 내뿜는 고수들이 호위하듯 다가섰다.

"여자?"

대량이 뜻밖이라는 듯 고개를 갸웃했다.

"여자라서 실망인가?"

여인이 물었다.

"아니, 그런 건 아니고 뜻밖이라서… 뉘시오?"

여인이라서 그런지, 아니면 자신을 두 번이나 방해한 실력을 인정한 것인지 대량의 말투가 제법 정중하다.

"난 대북두산문의 문주 백완이다."

"아! 천일검황가……."

대량이 나직하게 탄성을 흘렸다.

변방에서 자란 인물일지라도 무림에 발을 들이고 사는 사람이라면 천일검황가 북두산문을 모를 수 없다.

하물며 천하의 패자를 꿈꾸는 대량이라면 북두산문의 시조인 백초산이 자신이 꿈꾸는 이상적인 인물일 수도 있었다.

"그대를 베고 전신극을 얻어야겠다."

백완이 차가운 표정으로 말했다.

"할 수 있겠소?"

대량이 빙긋 웃으며 되물었다.

"난 검신의 후예다."

"후후, 검신 백초산… 대단한 인물이지. 내가 꿈꾸는 모습이기도 하고. 하지만… 설사 지금 이곳에 백초산 자신이 왔다 해도 감히 내 손에서 전신극을 취할 수는 없소. 하물며 여인의 몸으로?"

대량이 숨길 수 없는 광오함을 드러냈다.

"결과가 모든 걸 말해주겠지. 시작해요!"

백완의 명이 떨어지자 그녀를 따라 대량을 공격하기 위해 나선 북두산문의 고수들이 기이한 모양의 검진을 형성하기 시작했다.

밤하늘에 떠 있는 북두칠성 모양의 검진, 어찌 보면 엉성해 보이는 검진이다. 대량을 포위한 것도 아니고 포위하지 않은 것도 아닌 묘한 진형의 검진을 북두산문의 고수들이 능숙하게 형성했다.

그런데 대량이 이 묘한 모양을 지닌 검진에 둘러싸이자 긴장한 모습을 보였다.

검진을 마주하는 것만으로도 진으로부터 흘러나오는 정체를 알 수 없는 기운이 대량의 움직임을 방해했기 때문이다.

"과연 검신의 가문인가? 신비한 검진이구나. 그러나 그렇다고 나 대량의 전신극을 상대할 수는 없다. 마지막으로 제대로 놀아주지! 핫!"

대량이 광오하게 외치며 땅을 박차고 허공으로 떠올랐다.

전신극에서 다시 밝은 광채가 번쩍였다. 그러자 쩌적거리는 벽력 소리와 함께, 백완을 중심으로 펼쳐진 북두산문의 신비로운 검진을 향해 치우의 창 전신극이 떨어져 내렸다.

제3장
싸워야 할 때

쿠웅!

"음……."

아주 오랜만에, 아니, 어쩌면 처음으로 대량의 입에서 나직한 침음성이 흘러나왔다.

그의 전신극이 북두산문의 신비로운 검진 정중앙을 끊고 땅에 거대한 구덩이를 만든 직후였다.

북두산문의 검진은 강력한 대량의 공격에 와해된 듯 보였다가 어느새 다시 폭을 조금 넓힌 형태로 복원되어 있었다. 더 놀라운 것은 검진을 형성한 북두산문의 고수들 중 대량의 공격에 다치거나 죽은 사람이 없다는 것이었다.

물론 사람에 따라 각기 표정은 달랐다. 개중 무공이 약한 자들은 상기된 표정을 짓고 있었다. 그럼에도 그들 중 다치거나 죽은 사람은 없었다.

아마도 대량이 천마루로 무림의 고수들을 끌어들여 싸움을 벌인 이후 처음으로 한 사람도 죽이지 못한 공격이었을 것이다.

그러니 대량이 당황하는 것은 당연한 것이었다.

"대체 이게 무슨 검진이냐?"

대량이 자신에게 일어난 일을 도저히 이해할 수 없다는 듯 잠시 싸움을 멈추고는 백완에게 물었다.

"칠성검진이란 것이다."

백완이 대답했다.

대답을 하는 그녀의 얼굴에 자부심이 가득했다.

어쩌면 그녀도 북두산문의 숨겨져 있던 비밀 검진, 백초산으로부터 이어진 이 칠성검진으로 과연 대량을 상대할 수 있을지 자신하지 못했을 수도 있었다.

그런 상태에서 칠성검진으로 대량과 격돌했고, 그 결과가 그녀의 예상보다 훨씬 좋자 이 싸움에 자신감을 가진 것이 분명했다.

"칠성검진이라. 이름은 이해를 하겠군. 북두칠성의 모양을 딴 검진이니까. 진의 성격으로 보자면 장사진과 비슷한 건가?"

대량이 고개를 갸웃하며 중얼거렸다. 그는 자신의 공격이 실패로 돌아간 것에 대한 충격에서는 벌써 벗어난 듯 보였다.

"비슷한 면이 있지. 연환의 묘를 발휘하니까."

백완이 대량을 적이 아니라 무도를 함께 수련하는 사람 대하듯 대답했다.

"백초산의 유산인가?"

"그렇다."

이번에도 백완이 담담히 대답했다.

그러자 대량이 씁쓸한 미소를 지으며 말했다.

"삼국의 쟁투 때 죽은 공명이 산 중달을 쫓아 보냈다는 이야기가 전해지는데 오늘 내가 그 꼴이군. 백 년 전에 죽은 백초산의 검진에 한 번 당했어."

"조부님에 의해 만들어졌지만 오늘 그대와 싸우는 사람들은 당대의 북두산문 문도들이다."

"후후, 그렇긴 하지. 그래서 당신들에게는 승산이 없는 것이고."

대량이 완전히 본색을 회복한 얼굴로 말했다.

"그대의 전신극도 칠성검진을 상대로는 제대로 쓰일 수 없다는 걸 알았을 텐데?"

백완이 승기를 잡은 표정으로 물었다.

"후후, 그건 나도 제대로 싸우지 않았기 때문이지. 당신들도 다른 놈들처럼 보잘것없는 줄 알았거든. 하지만 이제 검진의 무서움을 알았으니 나도 제대로 싸워야겠어. 그리고⋯ 제대로 싸우면 당신들에게는 어떤 기회도 없다. 그래서 지금 단 한 번 기회를 주겠다. 나와 동행하지 않겠는가? 이 제안은 무척 진지한 것이다. 다른 자들에게는 종복이 되기를 요구했지만 그대의 가문, 북두산문에게는 나와 함께 패도의 길을 갈 기회를 주는 것이다. 이건, 과거 천하제일인이었고 이런 놀라운 검진을 만든 백초산에 대한 예의라고 해두지."

대량이 정색을 한 표정으로 제안했다.

그러자 백완이 얼굴에 일순 작은 흔들림이 일어났다. 생각해 보면 무척 달콤한 제안이었다.

북두산문은 지난 몇 년간 무섭게 세력을 키워 조만간 구패와 어깨를 견줄 수 있다고 평가받지만, 그래도 여전히 이십 년 동안 강호를 지배한 구패와 겨루기에는 부족함이 있었다.

이럴 때 전신극의 주인과 손을 잡는다면 북두산문은 일거에 구패를 넘어 강호무림 최강의 문파로 군림할 수 있었다.

하지만 이 제안은 달콤하지만 너무 위험한 유혹이었다. 이미 대량은 수백에 이르는 강호인들을 죽인 살인마였다. 그런 자와 손을 잡는 것은 북두산문이 강호공적이 된다는 것을 의미한다. 그건 무림사에 기록될 북두산문의 이름에 먹칠을 하는 일이었 다.

그러니 대량의 유혹이 아무리 달콤해도 결코 그와 손을 잡을 수 없는 백완이었다.

"그대가… 이런 혈겁을 일으키기 전이라면 생각해 볼 수도 있 는 제안이겠지."

백완이 검을 들어 주위에 너부러진 시신들을 가리키며 말했 다.

그러자 대량이 어깨를 으쓱했다.

"이거야 뭐… 강호에서 다반사로 일어나는 일 아니오? 강호의 고수라는 자들치고 손에 피 안 묻히고 사는 인간이 얼마나 되겠 소."

"방법과 때… 그리고 강호에 주는 충격과 명분의 문제겠지."

백완이 담담하게 대답했다.

강호는 비정한 곳이다. 따지고 보면 강호의 명문들 중 대량만큼 피를 뿌리지 않은 문파가 없겠지만, 그들은 그 나름대로 명분을 만들어 그들의 행동을 정당화했다.

그런데 천산에서 대량이 벌인 살겁은 어떤 명분으로도 정당화될 수가 없었다.

"후후, 명분이라… 하긴 그런 게 중요한 사람들도 있지. 하지만 내겐 명예나 명분 따위는 중요치 않소. 내가 죽고 난 이후에 사람들이 날 뭐라 부르건 아무 상관없소. 내겐 단지 내가 어떻게 살다 죽을지가 중요하오. 그래서 결심한 것이 어차피 피를 볼거면 강호의 주인이 되자는 것이었소. 그렇게 뭐 한평생 사는 것도 괜찮지 않소?"

대량이 다시 제안했다.

그러자 백완이 고개를 저었다.

"그대와 달리 난 북두산문의 문주니까."

"흐흠… 후인을 생각하지 않을 수 없다? 아쉽구려. 내 제안을 거절하면 그 후인조차 존재하지 않을 터인데……"

제안을 거절하면 이 자리에서 모두 죽이겠다는 뜻이다.

"말했지만 검진의 힘을 보았다면 그대도 승부를 장담할 수 없다는 걸 알고 있을 텐데?"

백완도 여전히 이 승부에 자신감을 가지고 있는 모양이었다. 칠성검진으로 이미 한 번 대량의 전신극을 막아냈기 때문이다.

"훗, 검진 따위… 함께할 게 아니면 싸웁시다. 조금 피곤하기도 하고. 이 검진을 깨뜨리고 당신들을 모두 죽이면 더 이상 도

전할 자도 없을 테니 좀 쉬어야겠소."

웅!

대량이 전신극을 한차례 허공에 휘둘렀다. 그러자 눈부신 빛의 광채가 무지개처럼 그의 몸을 휘감았다.

"모두 조심하세요!"

백완 역시 검진을 형성한 북두산문의 고수들에게 재빨리 경고했다.

그러자 북두산문의 고수들이 긴장한 표정으로 도검을 바로잡았다.

"좋아. 시작합시다!"

대량의 입에서 무거운 음성이 흘러나왔다.

이때만큼은 장난기가 하나도 깃들지 않은 목소리다. 그 신중함이 북두산문의 고수들을 더욱 긴장시켰다.

쿠쿠쿵!

천마루가 연신 무거운 메아리를 만들어냈다.

느리지도 빠르지도 않은 메아리. 그러나 그 메아리가 한 번 울릴 때마다 천마루 앞에서는 경천동지할 격돌이 일어났다.

대량의 전신극은 여전히 전율적인 힘을 발휘하고 있었다. 전신극이 한 번 휘둘러질 때마다 커다란 바위가 박살 나고, 땅에 깊게 웅덩이가 파였다.

눈부신 빛 무리가 그와 그를 상대하는 일곱 명의 북두산문 고수들을 휘감았고, 그 빛 무리는 소름 끼치는 살기로 가득 차 있었다.

그러나 그런 무지막지한 전신극의 공격을 감당하는 북두산문의 고수들 역시 대단했다.

그들은 힘과 기세에서는 전신극을 든 대량에게 밀렸지만 칠성검진의 유연한 힘으로 대량의 공세를 받아내고 있었다.

그러나 단단한 바위도 여러 번 두드리면 결국 금이 가듯, 유능제강의 원리로 대량의 강력한 공격을 견뎌내던 칠성검진도 시간이 지나자 조금씩 금이 가기 시작했다.

당연한 일이었다.

칠성검진을 형성하고 있는 일곱 명의 북두산문 고수들은 서로 무공의 수준이 달랐다.

백완처럼 백초산의 마하공을 수련해 절대의 경지에 오른 고수도 있었고, 개중에는 아직 나이가 어려 절정의 경지에 이르지 못한 사람도 있었다.

그러다 보니 대량의 강력한 공격이 있을 때마다 진의 균형이 흐트러졌고, 백완 등 뛰어난 무공을 지닌 고수들이 그 균형을 바로잡는 것이 점점 더 어려워지고 있었다.

그러다 급기야 칠성검진을 형성했던 중년 사내 한 명이 결국 진에서 튕겨 나갔다.

"악!"

진에서 튕겨 나간 중년 사내의 입에서 비명이 터져 나왔다. 입에서 흩뿌려지는 붉은 피가 그의 상태를 말해준다.

그리고 진이 한 축이 무너지자 칠성검진이 빠르게 와해됐다.

"후후, 그러게 내 말을 진즉에 들었어야지."

끝내 진을 와해시킨 대량이 나직하게 웃음을 흘리며 말했다. 그러면서 칠성검진의 한 축을 맡고 있던 백완의 보모 무령댁을 전신극으로 후려쳤다.

짜지직!

무령댁의 머리 위 공기가 전신극의 힘을 이기지 못하고 바위 갈라지는 소리를 내며 찢겨 나갔다.

무령댁이 손에 들고 있던 검을 들어 급히 대량의 공격을 막아 보려 했지만 그야말로 당랑거철, 도저히 감당할 수 없는 압력이 무령댁을 짓눌렀다.

무령댁의 얼굴이 일그러졌다.

그녀의 발은 땅속으로 발목까지 파고 들어가 있었다.

그래서 이제 전신극이 가볍게라도 머리에 닿으면 그녀의 긴 인생도 끝날 찰나, 갑자기 애초에 대량의 행보를 방해했던 바로 그 흰빛의 줄기가 벼락처럼 대량의 옆구리 빈틈을 파고들었다.

"음!"

단번에 무령댁을 황천길로 보내려던 대량이 급히 전신극을 거둬들였다. 앞서 두 번의 경우와 마찬가지로 지금도 감히 이 기습을 무시하고 무령댁을 벨 수 없었던 것이다.

대량이 가볍게 몸을 틀며 전신극의 손잡이 뒤쪽으로 자신의 옆구리를 파고드는 흰색 검기를 막았다.

콰릉!

전신극에 막힌 흰색 검기가 굉음과 함께 방향을 틀어 허공으로 치솟았다.

순간 대량이 훌쩍 몸을 날려 다섯 걸음 정도 뒤로 물러났다. 그러고는 한 자루 잘 벼른 검을 들고 자신을 바라보고 있는 백완을 응시했다.

한 자루 검을 잡고 무심하게 서 있는 여인, 중년의 나이가 무색한 신비로운 아름다움을 지닌 여검객의 모습에게선 감히 범접하기 힘든 위엄이 느껴졌다.

그 여인의 신비로운 기운이 대량조차도 함부로 그녀를 공격할 수 없게 만들었다.

북두산문의 문주 백완은 그렇게 전신극의 주인조차 함부로 할 수 없는 존재였다.

"백초산의 무공을… 완성했소?"

대량이 정중하게 물었다.

"내가 조부님의 무공을 완성했다면 당신은 이렇게 살아 있지 못했을 것이다."

백완이 담담하게 말했다.

그런데 그 담담함이 오히려 그녀의 말이 절대 과장이 아님을 증명해 주는 것 같았다.

"그대의 무공은 고금제일검이라 불린 사람이 남긴 무공답게 대단했소. 그런데 그것도 전부가 아니라니. 그는 대체 얼마나 대단한 사람이었을까?"

대량이 고개를 갸웃했다.

"말 그대로 고금제일인."

백완이 담담하게 말했다. 북두산문에 대한 숨길 수 없는 자부심이 드러나는 말이다.

그런데 백완의 말을 들은 대량이 이번에는 고개를 저었다.

"아니, 그 말에는 동의할 수 없군."

"감히 고금제일검 백초산의 무공을 부정하겠단 뜻인가?"

백완이 눈을 치뜨며 물었다. 다른 건 몰라도 북두산문, 그리고 검신 백초산에 대한 자부심만큼은 어떤 경우라도 양보할 수 없는 백완이었다.

　"그의 무공이 대단하다는 것은 인정하지. 지금의 내가 그를 감당할 수 없을지도 모르고… 하지만 적어도 난 그와 견줄 수 있는 인물을 알고 있소. 그것도 살아 있는 사람으로 셋이나."

　"……"

　일순 백완의 말문이 막혔다.

　고금제일검으로 불리는 검신 백초산과 무공을 견줄 수 있는 인물이라니. 그것도 셋이나. 그건 전설 속에서나 가능한 일이다. 백초산이 전설이듯……

　그런데 살아 있는 사람이라니. 대체 세상 어디에 그런 인물들이 존재한단 말인가.

　"설마 구패의 주인들을 말하는 것인가?"

　백완이 의구심 어린 표정으로 물었다.

　"헛! 구패? 그자들은 내게도 미치지 못하지."

　대량이 어이없다는 듯 고개를 저었다.

　"그럼 대체 누가 있어서……?"

　"아, 그건 나도 말해줄 수 없소. 말을 하는 순간 내 목이 성치 못할 것 같아서 말이오. 한 사람이라면 어찌 해보겠으나 셋이 함께 날 죽이겠다고 덤비면 나도 어쩔 수 없는 인물들이오. 아무튼 좋소. 당신이 백초산의 무공을 이었다니 제대로 한번 놀아봅시다. 음… 이건 아주 특별한 경우인데 만약 당신이 내 공격을 십 초만 받아낸다면 당신의 가문… 북두산문의 사람들은 오늘 살려주겠소."

대량이 큰 인심을 쓰듯 말했다.

그러자 백완이 지지 않고 말했다.

"나도 약속 하나 하지. 그대가 싸움 중에 전신극을 포기하면 그대의 목숨을 거두지는 않겠다."

"하하하, 정말 마음에 드는군. 좋소, 좋아. 어디 한번 신나게 놀아봅시다."

대량이 호탕하게 웃음을 터뜨리고는 훌쩍 몸을 날려 백완에게 날아갔다.

그러자 백완이 정면으로 전신극을 상대하지 않고 비스듬히 몸을 비틀며 전신극의 측면을 향해 검을 뻗어냈다.

차앙!

맑고 투명한 충돌음이 다시금 천마루를 타고 올라갔다.

한 개의 신창과 한 개의 신검이 격돌하면서 눈부신 불꽃이 연달아 터져 나왔다. 창과 검의 주인은 그렇게 두 개의 병장기를 가운데 두고 바싹 다가섰다가 순식간에 서로에게서 사오 장 거리로 물러났다.

그리고 그 순간 거리의 이득을 점한 창의 주인이 검의 주인을 찔렀다.

팡!

작지만 강렬한 파공음이 일어나는 순간, 백완을 향해 뻗어나간 전신극의 끝에서 벽력의 기운이 일어났다. 곧 그물 같은 벽력의 망이 순식간에 백완을 덮쳤다.

그러자 백완이 아예 땅바닥을 기듯이 몸을 숙이더니 한순간 좌측으로 게처럼 이동하며 몸을 틀어 허공을 보고 눕는 듯한 자세를 취했다.

그리고 그 자세 그대로 검을 뻗어 창을 잡고 있는 대량의 팔을 베어갔다.

"정말… 대단해!"

대량의 입에서 다시 감탄사가 흘러나왔다. 그러면서도 대량이 무서운 속도로 창을 회수해 몽둥이로 내려치듯 자세를 낮추고 있는 백완을 후려쳤다.

차앙!

거의 대량의 팔소매에 닿을 듯하던 백완의 검기가 전신극과 충돌하면서 순식간에 소멸됐다.

그러자 백완이 허공으로 솟구쳤다.

웅!

그런 백완의 발밑으로 아슬아슬하게 전신극이 스치고 지나갔다.

찌지직!

전신극에서 흘러나온 벽력의 줄기가 백완의 가죽신과 바지 자락을 스치고 지나갔다.

백완의 몸이 좀 더 높은 곳으로 올라갔다. 그리고 그 정점에서 가볍게 한 번 몸을 뒤집었다.

다음 순간 그녀의 검이 거꾸로 서더니 폭포수 같은 검기를 뿜어냈다.

콰아아!

순간 마치 수십 개의 검이 동시에 만들어내는 듯한 수십 개의 검기가 단 한 자루의 검에서 쏟아져 나왔다.

"아!"

오손이 입에서 탄성이 흘러나왔다. 단언컨대 오손은 지금껏 이렇게 아름다운 광경을 본 적이 없었다.

신비로운 아름다움을 지닌 여인이, 그녀만큼이나 신비로운 빛을 흘리는 검기의 폭포수를 허공에서 만들어내고 있었다.

"승부인가?"

반면 사송은 걱정스러운 표정으로 중얼거렸다.

백완이 너무 일찍 승부수를 던졌다는 의미다. 그가 보기엔 비록 대량의 공격이 서너 차례 실패하기는 했지만 그렇다고 아직 백완이 대량과 정면으로 충돌하기에는 이른 듯 보였다.

사송 곁에서 적월이 아무 말 없이 나왕을 바라봤다. 만약 싸움에 뛰어들 생각이라면 바로 지금이 그때였다.

당연히 나왕도 그 사실을 알고 있었다.

백완의 이번 공격이 실패로 돌아가는 순간 백완은 십 초는커녕 바로 다음에 이어질 대량의 공격에 목숨을 잃을 것이 분명했다.

툭!

나왕이 무심한 표정으로 검을 뽑아 들고 검집을 땅에 내려놓았다.

그 모습에 적월이 놀란 표정을 지었다.

검집을 버렸다는 것은 나왕이 이 싸움에 목숨을 건다는 뜻이

된다.

순간 적월은 나왕에게 그럴 가치가 있는 싸움이냐고 물을 뻔했다. 백완이든, 전신극이든, 아니면 무림을 위해 살인마를 제거하는 것이든, 그 어떤 이유로도 지금 이 순간 나왕이 죽음을 각오할 이유는 없다는 것이 적월의 생각이었다.

그런데 적월의 질문은 입안에서 다시 목구멍을 타고 넘어갔다.

그의 눈에 백완에게서 시선을 떼지 못하는 나왕의 얼굴이 들어왔기 때문이다.

'걱정하고 계셔.'

가끔은 아무리 노련한 사람이라도 자신의 감정을 숨기지 못할 때가 있다.

지금 나왕이 그랬다.

적월의 눈에 보이는 나왕은 백완에 대한 걱정으로 다른 어떤 것도 눈에 들어오지 않는 사내의 모습이었다.

"후우……!"

적월이 질문 대신 나직하게 한숨을 내쉬었다.

그러고는 자신도 검집에서 검을 뽑은 후 검집을 땅에 내려놓았다.

"검집은 왜?"

사송이 적월에게 물었다.

나왕에게 묻고 싶은 말이었지만 나왕의 표정이 워낙 굳어 있어 적월에게 물은 것이다.

"그 정도 상대잖아요. 그리고… 사부님이 검집을 버렸는데 당연히 제자도 그래야죠."

적월의 대답에 사송이 이내 고개를 끄떡였다.

"하긴 그렇지. 그럼 나도… 에이, 아니다. 난 뒤에 있을란다. 불파일맥의 스승과 제자가 함께 나서는데 나까지 끼어들면 사족이지. 오손, 우린 뒤에서 싸움 구경이나 하자."

사송의 말에 오손이 얼떨결에 고개를 끄떡이다가 놀란 듯 되물었다.

"구경이나 한다고요?"

"그래. 왜 불만이냐?"

"아니, 한 사람이라도 힘을 더 보태야……."

"글쎄, 그럴 필요 없다니까. 뭐, 혹시 필요하면 그때 나서면 되고. 아니 그러냐?"

사송이 적월에게 물었다.

그러자 적월이 빙그레 미소를 지었다.

"일단요."

"일단? 자신이 없냐?"

"그래도 전신극의 주인이잖아요."

"그래도 불사신데……."

사송이 말을 하며 슬쩍 불사 나왕을 바라봤다.

그러나 불사 나왕은 백완과 대량의 싸움에 집중하느라 사송의 이야기에는 관심이 없는 듯 보였다.

"아무튼 불파일맥의 힘을 제대로 보여줄 때인 것 같긴 하구나. 조심하거라."

사송이 적월에게 당부했다.

이번만큼은 무척 진지한 사송이다.

"걱정 마세요."

적월이 대답했다.

그 순간 나왕의 입이 열렸다.

"가자!"

폭포수 같던 백완의 검기가 놀랍게도 사선으로 잘려 나갔다. 어떤 강력한 병기로도 막을 수 없을 것 같던 백완의 검기가 전신극과 치열한 힘의 대결을 벌이다가 결국 전신극의 강력한 힘을 견디지 못하고 흩어져 버린 것이다.

일단 검기가 흩어지자 그 이후의 상황은 모두가 예상하는 대로 흘러갔다.

"음!"

백완의 입에서 나직한 신음 소리가 흘러나왔다. 자신의 검기가 흩어지는 순간 적지 않은 내상을 입은 것이다.

물론 대량 역시 백초산의 마하공을 연성한 백완의 검기를 상대하느라 많은 공력을 허비했지만, 그렇다고 내상을 입거나 하지는 않은 듯 보였기에 싸움의 승기는 온전히 대량에게 있었다.

투툭!

백완이 대량의 공격에 대비해 재빨리 십여 걸음 뒤로 물러났다.

그런데 대량은 공격을 서두르지 않았다. 대신 그는 천천히 깊게 호흡을 하며 백완을 향해 다가갔다.

아마도 적지 않게 허비한 공력을 회복할 시간을 갖는 듯 보였다.

"후우!"

그렇게 천천히 다가오는 대량을 보면서 백완이 길게 숨을 들이쉬었다. 느리지만 한 걸음씩 다가오는 대량을 보면서 그 어느 때보다 자신이 위기에 처했음을 본능적으로 느낀 것이다.

"문주님!"

백완의 위기를 눈치챈 북두산문의 고수들이 재빨리 백완 옆으로 모여들었다.

그런데 바로 그 순간 대량이 속도를 냈다.

번쩍!

대량의 전신극이 눈부신 광채를 뿜어냈다. 마지막 힘을 쏟아 내듯, 그렇게 대량의 전신극이 그 어느 때보다도 강렬한 힘을 토해냈다.

"이놈!"

무령댁을 비롯한 북두산문의 고수들이 일제히 백완을 보호하기 위해 병장기를 내밀었다.

"가소롭다!"

전신극에 맞서 병장기를 뻗어내는 북두산문의 고수들을 보며 대량이 일갈했다.

그리고 다음 순간, 전신극의 빛 무리가 북두산문 고수들의 병장기를 휘감았다.

카카캉!

눈부신 빛 무리 속에서 날카로운 충돌음들이 터져 나왔다.

"억!"

"욱!"

뒤이어 사람의 신음 소리가 이어졌고, 백완을 보호하기 위해 그녀 앞에서 대량의 공격을 막아섰던 북두산문의 고수들이 낙엽처럼 허공으로 튕겨져 나왔다.

칠성검진의 보호를 받지 못하는 이상 북두산문의 고수들은 대량의 상대가 아니었다.

그렇게 문도들의 보호막이 사라지자 이제 백완은 대량의 전신극 앞에 온전히 홀로 남았다.

"십 초가 지나지 않았으니 그대의 목숨을 거두겠다."

대량이 전신극을 머리 위로 쳐들며 진중하게 말하고는 백완의 목을 내려칠 준비를 했다..

백완은 자신의 죽음이 가까워졌음에도 침착하기 이를 데 없었다.

"북두산문의 이름으로……."

백완이 중얼거렸다.

죽음조차도 북두산문 문주로서 명예롭게 죽고자 하는 결기가 그녀의 얼굴에 드러났다.

또 한편으로는 북두산문의 부활을 위해 평생 고독한 길을 걸어온 자신이 이젠 쉴 수 있다는 안도감 같은 것도 느껴지는 표정이었다.

그래서 오히려 대량의 전신극을 맞아 최선을 다해 마지막 일수를 겨룰 수 있는 듯했다.

"제길……!"

죽음을 앞둔 백완의 표정이 너무 평온해 보이자 대량의 입에서 욕지거리가 흘러나왔다. 이런 표정을 한 그녀를 베어야 하는 자신이 이제야 정말 괴물처럼 느껴지는 대량이었다.

그러나 그럼에도 불구하고 그는 백완을 베어야 한다. 그게 그에게 주어진 삶의 숙명이었다. 그리고 그는 숙명에 순응해 백완의 목을 향하여 전신극을 내려쳤다.

콰아아!

전신극이 강력한 파공음을 일으키며 백완의 목을 파고들었다.

그 순간 백완 역시 온 힘을 다해 검을 휘둘렀다.

쿠오오!

마지막 남아 있던 마하공의 진기가 검에 스며들어 백색의 영롱한 검기를 만들어냈다. 그리고 그 검기가 백완의 목 바로 앞에서 전신극과 충돌했다.

그긍!

전신극이 백완의 검기를 자르고 들어오며 소름 끼치는 소음을 만들어냈다.

그리고 모두의 예상대로 대량의 전신극이 끝내 백완의 검기를 잘라냈다. 그나마 이만큼이라도 대량의 전신극에 버틴 사람은 오늘 이 천마루에서 오직 백완밖에 없었다.

"잘 가시오."

백완의 검기를 잘라낸 대량이 우울한 표정으로 백완에게 작별을 고했다. 백완은 담담한 눈빛으로 대량의 말을 받아들였다.

그런데 그렇게 대량의 전신극이 백완의 백설처럼 하얀 목을 베려는 순간, 갑자기 한 줄기 차가운 기운이 대량의 관자놀이를 향해 뻗어왔다.

그 기운은 너무 은밀하면서도 섬뜩해서 백완의 목을 베려던 대량조차 황급히 손을 거두고 몸을 틀어 피할 정도였다.

대량이 누군가의 공격을 전신극으로 맞받아치지 못하고 몸을 피한 경우 역시, 이 싸움 들어 처음 있는 일이었다.

팟!

날카로운 기운이 아슬아슬하게 대량의 머리를 스치고 지나갔다. 다행인지 몸에 상처를 입지는 않았지만 그의 헝클어진 머리카락이 한 움큼이나 베어져 나갔다.

푸스스!

베어진 머리카락이 낙엽처럼 소리를 내며 바람에 날렸다.

그러자 대량이 좀 더 뒤로 물러나며 무서운 속도로 전신극을 휘둘렀다.

웅!

전신극이 강력한 굉음을 만들어냈다.

그사이 어느새 대량과 백완 사이로 파고든 한 사람이 전신극의 빛 무리를 향해 재차 검을 쳐냈다.

콰아.

작달막한 체구의 사내가 일으킨 검기의 무게가 태산처럼 무겁다. 그 무거움이 너끈히 급하게 휘두른 대량의 전신극을 막아냈다.

쿠웅!

둔중한 격돌음이 일어나며 사내와 대량이 각기 대여섯 걸음 뒤로 물러났다.

그야말로 경악할 만한 일이었다. 지금까지 천마루에서 전신극을 든 대량과 동수를 이룬 고수는 없었다. 그런데 이 불청객의 사내는 대량과 싸움의 균형을 맞출 능력을 가지고 있는 것이다.

그런데 더 놀라운 것은 사내는 이런 싸움의 결과를 마음에 들어 하지 않는다는 것이었다.

"겨우 동수? 내가 늙었나?"

사내가 중얼거렸다.

그런 사내를 두 사람이 묘한 시선으로 응시하고 있었다.

한 사람은 당연히 그와 상대한 전신극의 주인 대량이었고, 다른 한 명은 사내의 뒤에서 알 수 없는 감정으로 사내를 보고 있는 백완이었다.

"당신은… 또 누군가?"

대량이 거칠어진 호흡을 가다듬으며 물었다.

정신을 차리고 제대로 보게 된 사내는 도저히 자신의 전신극을 막아낼 인물로 보이지 않았다.

오 척 단구에 볼품없는 차림새, 무엇보다도 추레한 얼굴은 도저히 강호 절대고수로서의 풍모를 느낄 수 없었다.

"난 나왕이라고 한다. 그런데 네 이름은 뭐냐?"

나왕이 되물었다.

자연스러운 하대, 그럼에도 불구하고 이상하게도 어색함이 느껴지지 않는다.

"나… 왕……! 불사?"

대량이 되물었다.

"달리 누가 있겠나."

나왕이 대답했다.

"하… 불사라. 불사라면 그럴 만도, 아니, 그래도 너무 강한데?"

대량이 고개를 갸웃했다.

천하의 무림인 중 불사 나왕의 이름을 모르는 사람은 없다. 강호에서 가장 어린 나이에 십대고수 반열에 오른 사람이고, 칠마 십육마문의 난 때 혁혁한 무공을 세워 무림맹에서 중요한 자리를 차지할 수 있었음에도 송가의 개로 십수 년을 살아온 이상한 이력의 소유자였다.

그 나왕의 이름은 중원에서 멀리 떨어진 천산이라 해도 검을 든 자라면 반드시 알아야만 하는 이름이었다.

그래서 당연히 대량도 나왕을 알고 있었다.

하지만 그가 오늘 상대해 본 나왕은 적어도 자신의 생각했던 것보다는 몇 수 위의 무공을 가지고 있었다. 소문은 오히려 그의 무공을 제대로 세상에 전하지 못하고 있는 것 같았다.

"네가 지친 거겠지."

나왕이 자신의 무공에 놀라는 대량에게 말했다.

"아니, 그렇지가 않소. 불사 그대의 무공은 적어도 소문보다 몇 수 위인 것이 분명하오."

대량이 고개를 저으며 말했다.

그러자 불사 나왕이 물었다.

"그럼 이 싸움을 포기하겠느냐?"

"하하, 그건 아니외다. 불사 나리의 무공이 날 놀라게 한 것은 맞지만 그렇다고 날 이길 정도는 아닌 것 같소. 뭐… 그 북두산문의 문주보다야 시간이 한참 더 걸리겠지만 그래도 결과는 내 승리로 끝날 것이오."

"그렇지 않을 텐데?"

"천하십대고수에 오른 그대 무공에 대한 자부심이 강한 것은 알겠지만 그래도 나 대량과 전신극을 상대하는 것은 역부족이 오."

대량이 나이가 어림에도 불구하고 충고하듯 말했다.

"글쎄… 그야 싸워봐야 알겠지만, 우리 두 사람의 무공 고하를 가리는 싸움은 아닐 것 같아서. 그래서 네가 불리한 거지."

"그건 또 무슨 소리요? 싸우지 않겠다는 거요?"

대량이 의아한 표정을 지으며 물었다.

그러자 나왕이 고개를 저었다.

"나 혼자 싸우지 않는다는 거지. 소개할까? 내 제자야."

나왕의 말이 끝나는 순간, 대량의 뒤쪽에서 앞서 나왕이 대량을 공격할 때와 똑같이 닮아 있는 차가운 검기가 대량의 등을 파고들었다.

"엇!"

순간 대량도 당황한 기색이 역력했다. 천하십대고수 불사 나왕에게만 신경을 집중하다 급작스러운 기습을 당한 것이다. 그것도 불사 나왕에 못지않은 쾌검이다.

삭!

대량이 급히 몸을 튼 덕에 급소는 비껴 나갔지만 그의 등 좌측 옷자락이 갈라지면서 미세한 선혈이 옷자락에 배어나왔다. 드디어 전신극의 주인 대량의 몸에도 상처가 난 것이다.

"제길⋯⋯!"

대량이 몸을 틀어 검을 피한 자세 그대로 전신극을 휘두르며 좀 더 뒤로 물러났다.

콰앙!

그의 전신극에서 일어난 벽력의 기운이 그를 기습한 사람의 검과 부딪히며 굉음을 만들어냈다. 대량이 그 충격을 이용해 좀 더 뒤로 물러났다. 그러고는 자신을 기습한 나왕의 제자란 젊은 이를 노려봤다.

'스승과 제자가 이렇게 다를 수가 있나.'

대량이 적월을 처음 본 순간 대량의 마음속에 떠오른 첫 번째 생각이었다.

스승은 천하에서 적수를 찾을 수 없는 추남, 그나마 나이가 들면서 주름살이 그 추레함을 중후함으로 보이게 만들기는 하지만, 젊었을 때는 어린 소녀들이 보면 토악질을 할 만큼 못생긴 사람이 불사 나왕이었다.

그런데 그의 제자란 젊은이는 세상 어디에 내놔도 사람들의 호감을 받을 만큼 훤칠한 인물을 가지고 있었다.

"네가⋯ 불사의 제자냐?"

여러 의미가 내포된 질문이었다.

그중에는 정말 불사 나왕의 제자가 이렇게 잘생겨도 되냐는 의미도 포함되어 있었다.

"그렇소."

적월이 담담하게 대답했다.

"무공이… 뛰어나군."

"실망하지 않을 거요."

적월이 다시 대답했다.

"그래… 불사 나왕과 그 제자라면 내가 실망할 일은 없겠지. 그런데 그럼에도 불구하고 난 이 싸움에 자신이 있다. 그러니 사부를 설득해 그냥 물러나는 것이 어떻겠느냐?"

이상하게도 대량은 불사 나왕과 적월 두 사람과는 싸우고 싶은 생각이 들지 않았다.

그건 단지 그들의 무공이 고강해 보이기 때문은 아니었다. 싸움이 제대로 되려면 전의(戰意), 그 전의의 바탕이 되는 적의(敵意)가 일어나야 되는데, 두 사람에겐 그런 감정이 일어나지 않는 대량이었다.

"지켜야 할 것이 제법 많은 싸움이라서……."

적월이 대량의 제안을 거부했다.

그러자 대량이 이번에는 불사 나왕을 보며 말했다.

"뛰어난 제자요. 하지만 나와 싸운다면 죽을 수도 있소. 아니… 거의 구 할은 죽게 될 거요."

비록 전의가 일어나지는 않지만 그래도 일단 싸움이 시작되면 패배는 생각지 않는 대량이다.

하지만 불사 나왕의 생각은 달랐다.

"나와 저 아이가 함께라면 네가 죽을 확률이 구 할이다. 그러니 전신극 따위는 거둬들이고 나와 어디 가서 이야기 좀 하자."

"이야기? 전신극을 달라는 것이 아니라?"

"그따위 것 가지고 있어봐야 어중이떠중이 상대해야 하니 오히려 귀찮은 일이고. 듣고 싶은 말이 있다."

나왕의 말에 대량의 표정이 살짝 변했다.

그러고는 잠시 생각에 잠겼다가 이내 고개를 저었다.

"안 되겠소. 일단 싸워봐야겠소. 이야기를 할지 말지는 그 이후에 결정합시다."

"굳이 피를 봐야겠단 뜻인가?"

"그렇게 명을 받아서 말이오."

"명을? 전신극의 주인이 누구에게?"

"내 사부요. 그러니 어찌 감히 사부의 명을 어길 수 있겠소. 아니 그런가?"

대량이 슬쩍 고개를 돌려 적월을 보며 물었다.

그러자 적월이 고개를 끄떡였다.

"스승의 명이라면 당연히 따라야 할 것이오."

"좋아. 마지막에 아주 제대로 싸워보는군. 불사! 시작해 봅시다."

번쩍!

대량이 전신극을 슬쩍 비껴들었다. 그러자 전신극의 창날이 눈부신 빛을 뿌리기 시작했다.

제4장
불파일맥

　놀랍게도 대량을 먼저 막아선 사람은 적월이었다.

　장내의 모든 사람들은 불사 나왕이 대량을 직접 상대하고 적월은 두 사람의 주위를 돌며 대량의 빈틈을 공격할 것이라 생각하고 있었다.

　청출어람이라지만 약관을 겨우 지난 적월의 무공은 불사 나왕에게 미치지 못할 것이 분명하기 때문이다.

　그런데 모두의 예상을 깨고 적월이 나왕 앞으로 나서며 대량을 막아선 것이다.

　"네가?"

　나왕을 향해 전신극을 휘두르려다 말고 대량이 조금 당황한 표정을 지으며 물었다.

　"실망하는 일은 없을 것이오."

적월이 긴장한 듯 보이면서도 두려움은 없는 표정으로 대답했다.

"정말 이래도 되겠소?"

대량이 적월의 어깨 너머에 있는 나왕에게 물었다.

"그 아이의 말처럼 실망하는 일은 없을 것이다."

나왕이 적월에 대한 믿음을 숨기지 않고 드러냈다.

그런 나왕의 말을 듣자 긴장해 있던 적월의 마음이 한층 편해졌다.

자신을 믿는 스승의 신뢰만큼 자신감을 갖게 만드는 것은 없었다.

반면 대량은 조금 심각해졌다. 나왕의 말이라면 결코 무시할수 없다. 나왕 같은 인물이 자신의 제자에 대한 애정이 지나쳐이성적인 판단을 하지 못할 리 없었다.

"생각보다 뛰어나단 건가?"

대량이 적월을 보며 중얼거렸다.

검을 뽑아 비스듬히 사선으로 내려뜨리고 있는 적월의 자세는 그러고 보니 제법 신선해서, 어떻게 보면 노회한 무인의 탈속적인 면모까지 보이는 듯했다.

"다르군."

그제야 대량은 적월의 기수식과 기세가 나왕과는 조금 다르다는 것을 깨달았다.

나왕이 산을 가를 듯한 날카로운 기세를 가졌다면, 적월은 무척 부드러운 기운을 가지고 있었다.

"말했듯이 실망하지 않을 것이오."

다시 적월이 말했다.

"그야 뭐… 싸워보면 알겠지. 간다!"

대량이 적월의 나이가 어린 것을 무시하고 전력을 다해 전신극을 휘둘렀다.

쩌저적!

전신극의 특징인 거미줄 같은 벽력의 빛줄기들이 공기를 찢으며 적월을 덮쳐왔다.

그러자 적월이 한 발을 앞으로 내디디며 살짝 몸을 틀었다. 그러면서 어깨로 튕기듯 검을 쳐올렸다.

차르릉!

전신극이 만들어내는 벽력의 거미줄에 걸려든 나방처럼 적월의 검이 요란한 소리를 내며 몸을 떨었다. 누가 봐도 적월의 검이 전신극의 기세를 이겨내지 못하는 것처럼 보였다.

그러나 다음 순간 모두를 놀라게 하는 일이 벌어졌다.

적월의 검이 요란하게 떨리는 순간, 벽력의 줄기를 만들어낸 전신극의 방향이 살짝 틀어져 버린 것이다. 그러자 전신극이 적월의 옆을 아슬아슬하게 스치고 지나가 땅에 떨어졌다.

콰앙!

적월을 비껴 나간 전신극이 땅바닥에 거대한 웅덩이를 만들었다. 그 정도의 힘이었다면 당연히 적월의 검이 부러지거나 혹은 적월이 튕겨 나가야 했지만, 검은 멀쩡했고 적월 역시 겨우 서너 걸음 옆으로 움직인 것이 다였다.

"음……!"

대량의 입에서 나직한 신음 소리가 흘러나왔다.

내상을 입거나 한 것은 아니었다. 다만 그는 전신극을 자신의 의도대로 다루지 못했다는 것에 당황하고 있었다.

"이화접목(移花接木)?"

대량이 적월을 보며 중얼거렸다.

타인의 힘을 다른 곳으로 흘려보내는 무공수법을 보통 이화접목이라 하는데 대량은 자신의 전신극을 비껴낸 적월의 무공을 그런 부류로 본 듯했다.

"비슷하오."

적월이 대답했다.

그러자 대량이 다시 믿을 수 없다는 듯 고개를 저으며 중얼거렸다.

"전신극의 기망은 워낙 불규칙해서 이화접목의 수법을 쓰기 어려운데⋯⋯."

"세상에는 가끔 예상치 못한 특별한 수법이 있지 않겠소? 전신극 같은 특별한 병기가 존재하는 것처럼⋯⋯."

"그래도 너무 달라. 네 사부의 무공과는⋯⋯."

불사 나왕의 무공, 일살검을 알고 있는 사람은 모두 대량과 같은 의문을 가질 수밖에 없었다.

나왕은 성정도 독선적이지만 무공 역시 극히 패도적이었다. 그의 일살검은 무림에서 가장 강렬한 쾌검으로 알려져 있을 정도였다.

그런데 적월이 대량을 상대한 검식은 빠름이나 강력함보다는 부드러움 쪽에 치우친 검법이었다.

일살검과는 상극과도 같은 검법, 그러니 대량으로선 쉽게 이해할 수 없었다.

일살검이라는 극쾌의 검법을 수십 년 수련한 나왕이 자신의 제자에게 전혀 상극의 검법을 전수하는 것은 거의 불가능한 일이기 때문이다.

"사부님과 무공이 꼭 같을 필요는 없지 않소?"

적월이 반문했다.

"그렇기는 하지만 전혀 다른 성질의 무공을 전수하게 되면 그 성취가 결코 좋을 수 없는데."

"다행히 나의 사부님께서는 그런 능력이 있으신 분이오. 그런데 당신은 어떻소? 당신의 무공은 당신 사부의 무공 그대로요?"

적월이 물었다.

이 물음은 사실 상대와 무공에 대한 대화를 하는 중에 나온 것이기는 하지만 대량의 신분을 탐색하기 위한 질문이었다.

대량의 대답에서 학사검 종선의 흔적을 찾기 위한 의도가 내포되어 있었던 것이다. 물론 대량은 짐작조차 하지 못한 일이지만.

"물론 난 사부란 사람의 무공의 특징을 그대로 전해 받았다."

"대체 어떤 사람이기에 당신 같은 고수를 길러낸 거요? 아니, 전신극은 그대 스스로 얻은 것이오? 그대 사부가 준 것이오?"

적월의 질문이 이어지자 대량이 대답을 하려다 말고 깊은 눈으로 적월을 응시했다. 그러고는 잠시 후 실소를 자아냈다.

"훗, 이제 보니 나의 내력을 파악하려고 무공을 핑계로 질문을 하고 있었군."

"이런, 들키고 말았네."

적월이 부인하지 않고 멋쩍은 표정을 지었다.

"미안하군. 소형제의 질문에는 대답을 해줄 수가 없겠어. 내 사부란 자는 자신이 세상에 알려지는 것을 극히 싫어하니까. 아니, 그보다도 솔직히 난 사부에 대해 제대로 아는 것이 없지."

"사부에 대해 모르는 사람도 있소?"

적월이 의아한 표정으로 되물었다.

그러자 대량이 조금 쓸쓸해 보이는 표정으로 우울한 답을 했다.

"그런 사람도 있지. 그런 사부와 제자도… 에잇, 그런 이야길랑 집어치우고 다시 싸우자. 소형제와의 싸움은 정말 즐거울 것 같군."

대량이 쓸데없는 이야기로 시간을 보내고 싶지 않다는 듯 전신극을 고쳐 들었다.

그러자 적월이 대답했다.

"즐거움보다는 위험이 많을 것이오."

"물론, 나도 기대하네. 소형제의 무공이 언제까지나 방어로만 이어지지는 않을 테니까. 더군다나 불사가 호시탐탐 내 빈틈을 노릴 테고. 정말 그 어느 때보다 위험한 싸움이 되겠지. 하지만 그만큼 이 싸움이 재밌을 거란 말이지. 생사의 경계를 거니는 싸움이라 즐겁지 않은가. 하앗!"

대량이 웃는 얼굴로 무서운 선공을 가해왔다.

적월도 방심하지 않고 바람에 흔들리는 갈대처럼, 혹은 강풍에 날리는 낙엽처럼 대량의 강력한 기세에 맞춰 몸을 자유롭게 놓아주며 검을 들어 대량의 전신극을 상대하기 시작했다.

차앙차앙!

맑은 충돌음이 연속해서 천마루를 타고 퍼져 나갔다.

다른 강호고수들과의 싸움과 달리 적월을 상대하는 대량의 전신극은 요란하지 않았다. 천번지복의 강력한 굉음을 끊이지 않고 만들어내던 전신극이 적월의 검과 닿을 때는 맑은 소성을 만들어낼 뿐이었다.

물론 그 이유는 적월에게 있었다.

적월은 대량과의 싸움이 시작된 이후 단 한 번도 정면으로 대량의 공격을 막은 적이 없었다. 아주 조금씩 검을 기울여 전신극을 사선으로 비껴냈고, 그런 적월의 검법이 천둥 같은 충돌음이 아닌 맑은 소성을 만들어내는 이유였다.

그럼에도 불구하고 싸움은 치열했다.

두 사람은 한순간에 십여 장을 이동하기도 하고, 허공으로 삼사 장 치솟기도 하면서 한 치의 양보도 없는 대결을 벌이고 있었다.

두 사람의 싸움이 워낙 치열하고 팽팽해서 본래 대량의 빈틈을 노리고 있어야 할 불사 나왕조차도 잠시 팔짱을 끼고 두 사람의 대결을 지켜보고 있을 정도였다.

그리고 지금까지 살아남은 장내의 고수들은 당황하고 있었다.

청허자 유정이나 소림승 혜찬뿐 아니라 전신극에 당해 쓰러지기는 했으나 목숨은 부지하고 있는 부상자들, 그리고 앞서 대량을 피해 도주를 선택한 구중천의 천주 후금 등 마도의 무리들까지도, 멀리서 적월과 대량의 싸움을 놀라움을 담은 시선으로 바라보고 있었다.

그들은 전신극의 주인 대량을 홀로 상대할 수 있는 자가 강호에 존재할 거라고는 생각지도 못했다. 그런데 겨우 약관을 넘은 적월이 대량을 상대로 대등하게 싸움을 이어가자 적월에 대한 놀람을 넘어 당황하기까지 하고 있었다.

그리고 그런 사람들 중 가장 놀라고 있는 사람은 바로 송가장의 후계자인 송검산이었다.

"젠장… 저놈이 그의 제자라니."

송검산이 화가 난 표정을 한 채 중얼거렸다. 한편으로는 자신의 것을 빼앗긴 것 같은 분노도 엿보였다.

이미 송가제일검 송옥이 죽은 후여서 송검산을 보호할 송가장의 고수는 남아 있지 않았지만, 그는 여전히 전신극에 대한 욕심을 버리지 못하고 전장에 남아 있었다.

물론 그 역시 적지 않은 부상을 입어 한동안은 휴식을 취해야 하는 상황이었다.

그런데 자신의 부상보다 더 그를 아프게 하는 것이 있었다. 바로 적월의 존재였다.

돌아가는 사정을 보면 대량을 상대하고 있는 젊은이, 송검산 자신보다 조금 어려 보이는 젊은 검객은 분명 한때 자신의 사부였던 불사 나왕의 제자가 분명했다.

그 말은 곧 자신이 불사 나왕의 제자였다면 저 기이한 젊은 고수가 보여주고 있는 무공의 경지에 올랐을 수도 있다는 것을 의미했다. 그러니 송검산으로서는 고통스러운 일이 아닐 수 없었다.

자신은 대량의 십초지적, 아니, 일초지적도 되기 힘든데, 한때 스승이었던 나왕의 제자는 벌써 오십 초가 넘게 대량을 상대하고 있지 않은가.

그런 적월을 보며 송검산은 마치 자신이 가져야 할 무공을 다른 사람에게 빼앗긴 것 같은 느낌을 받고 있었다.

그리고 자연스레 그 분노가 적월에게로 향했다.

"꼭 죽어라. 빌어먹을 놈!"

송검산이 자신도 모르게 중얼거렸다.

그런데 그런 송검산에게 차고 냉정한 목소리가 들렸다.

"누가 죽기를 바라는 것이냐?"

귀에 파고든 낮은 목소리에 송검산이 흠칫하며 시선을 돌렸다.

그러자 그의 눈에 대량과 적월의 싸움에서 몇 걸음 물러나 싸움을 지켜보고 있던 나왕의 얼굴이 보였다.

언제 봐도 적응되지 않는 못생긴 얼굴, 한때 그와 함께 외출을 할 때면 마치 자신이 놀림을 받는 것 같은 창피함을 느꼈던 그 얼굴이다.

그런데 지금은 달랐다.

못생긴 건 예전이나 지금이나 똑같았지만, 머나먼 변방, 그것도 시산혈해의 전장에서 보는 불사 나왕은 과거 송가장에서 보던 그와는 너무 달랐다.

송검산을 바라보는 불사 나왕에게서는 숨길 수 없는 절대고수의 기운이 흘러나오고 있었다.

그 기운은 외모의 단점을 모두 가려줄 뿐 아니라, 소림승 혜찬이나 무당의 청허자 유정보다도 더 강력한 존재감을 드러내는 것이었다.

"사… 사부……."

송검산이 자신도 모르게 중얼거렸다.

"정신 차려라. 난 이제 네 사부가 아니다."

나왕이 차갑게 말했다.

"죄, 죄송합니다."

송검산이 자신도 모르게 나왕에게 머리를 조아렸다. 그는 사실 자신이 왜 이렇게 행동하는지조차도 모를 만큼 당황하고 있었다.

"여전하구나. 그 경솔함은… 어쨌든 누가 죽기를 바라는 것보다 너나 살길을 찾거라."

"그게 무슨……?"

"어쭙잖은 실력으로 계속 이곳에 머물러 있다가는 반드시 죽을 거란 소리다. 그러니 얼른 이곳을 떠나 송가장으로 돌아가거라."

불사 나왕의 차가운 충고에 송검산은 이상하게도 서운한 감정이 들었다.

불사 나왕이 송가장을 떠나던 그 순간까지, 나왕은 항상 자신에게 지나칠 정도로 다정했었다. 사부로서 무공을 가르칠 때조차 송검산이 나왕에게 투정을 부릴 정도였다.

그런 나왕만을 기억하고 있는 송검산에게 나왕의 오늘 이 차가운 반응은 쉽게 받아들이기 어려운 것이었다.

"예전처럼 절 지켜주시면 되잖습니까?"

송검산이 자신도 모르게 불쑥 불만을 내뱉었다. 그러고는 자기가 한 말에 놀라 손으로 입을 가렸다.

나왕이 송가장을 떠난 이유를 누구보다 잘 알고 있는 송검산이었다. 지금 그가 나왕에게 뭔가를 요구할 처지가 아닌 것이다.

나왕이 물끄러미 송검산을 바라봤다.

한편으로는 어이없는 표정이기도 하고, 한편으로는 가엽게 보는 듯도 했다. 그러다가 조금 목소리를 낮춰 물었다.

"송가장의 문도 중 살아 있는 사람이 너 혼자냐?"

그러자 송검산이 얼른 고개를 끄덕였다.

"그럼 너 혼자 송가장까지 돌아가는 것도 위험한 일이기는 하구나. 저 두 사람을 의지해 중원까지 돌아가거라. 너도 인정하는 일이겠지만 난 더 이상 송가장의 개가 아니구나. 저들 곁에 꼭 붙어 있거라. 단지 전신극의 주인뿐만이 아니라 십육마문의 후예들까지 출몰했으니 혼자 움직이는 것은 위험한 일이다."

나왕이 소림승 혜찬과 무당의 청허자 유정을 가리키며 말했다.

그의 말대로, 당장 전신극의 주인 대량을 제압한다 해도 무림 고수들은 여전히 위험한 상태에 빠져 있었다.

이십 년간 어둠 속에서 힘을 키운 십육마문의 후예들이 모습을 드러냈기 때문이다. 비록 겨우 일부가 살아 멀리 물러났지만 그들에게 후군이 없을 거라 기대하는 것은 어리석은 일이었다.

더군다나 송가장의 후계자라면 그들에게 아주 좋은 사냥감이라고 할 수 있었다.

나왕의 충고에 송검산이 자신의 처지를 깨닫고는, 본능적으로 지친 몸을 이끌고 소림승 혜찬과 청허자 유정이 있는 곳으로 이동했다.

"후우… 변변치 못한 놈! 하긴 내가 잘못 가르쳤으니 그리되었겠지. 차라리 어려서부터 엄하게 훈육을 했다면 저리되었을까."

나왕이 고개를 저으며 중얼거렸다.

그런데 그때 문득 대량의 목소리가 들려왔다.

"소형제! 언제까지 피하고만 있을 것인가? 설마 이 싸움을 며칠 동안 이어가겠다는 건 아니겠지?"

싸움의 양상은 크게 변하지 않고 있었다.

대량은 공격했고, 적월은 막아냈다.

막는다는 표현보다는 피한다는 말이 맞을 정도로 적월은 아슬아슬하게 대량의 강력한 공격들을 흘려내고 있었다.

싸움은 벌써 오십 초를 훌쩍 넘어, 백여 초를 향해 달려가고 있었다. 성정 느긋한 사람도 지루함을 느낄 시간이 되었던 것이다.

"며칠 동안의 싸움이라도 마다할 생각은 없소."

대량의 물음에 적월이 대답했다.

적월은 처음부터 이 싸움을 장기전으로 끌고 갈 생각이었다. 대량의 공격을 막아내다 보면 하루가 넘게 무림의 고수들을 상대한 대량이 결국 내공의 한계를 보이면서 허점을 드러낼 것이라 생각했기 때문이다.

그리고 일단 허점이 드러나면 그 자신과 불사 나왕의 일살검을 결코 피하지 못할 것이란 자신감도 있었다. 그러니 적월로서는 싸움이 길어질수록 반가운 일이었다.

적월의 대답을 들은 대량의 표정이 차갑게 굳어졌다. 하루 동안의 피로가 한꺼번에 밀려오는 것 같았다. 그렇다면 결국 싸움의 변화는 자신이 만들어야 한다.

"후우……."

대량이 길게 한숨을 내쉬었다. 그리고 갑자기 적월로부터 대여섯 걸음 뒤로 물러났다.

대량이 한동안 이어지던 공격을 멈추자 적월 역시 잠시 숨을 고르며 힘을 비축했다.

그런 적월을 뜨거운 눈으로 응시하며 대량이 말했다.

"소형제, 이런 자리에서 만나지 않았다면 좋았겠지만, 이젠 어쩔 수가 없군. 소형제도 이번에는 최선을 다해야 할 거야, 아니, 그전에 소형제의 이름이라도 듣고 싶군."

"적월!"

굳이 이름을 숨길 필요가 없기에 적월이 짧게 대답했다.

"붉은 달이라… 나쁘지 않군. 마음에 들어. 젠장, 사부도 내 이름을 대량이 아니라 적월 같은 멋진 말로 지어주지. 망할 늙은이……."

대량이 투덜거렸다.

"대량이란 이름도 나쁜 것은 아니오. 아마도 당신 사부는 당신이 큰 사람이 되길 바랐던 모양이오. 그건 곧 당신에 대해 애정이 있다는 의미 아니겠소?"

"후후후, 과연 그럴까? 어쩌면 많은 피를 흘리라는 뜻에서 지은 이름일 수도 있지. 그렇다고 대혈은 좀 이상하니까. 어쨌든… 적월 소형제, 이젠 정말 끝내야 할 것 같군. 음… 피할 수 있다면 피하시게. 그럼 팔다리는 잃어도 목숨을 건질 수도 있으니까."

대량이 경고를 하며 전신극을 두 손으로 잡아 앞으로 겨누었다.

번쩍!

전신극에서 예의 그 눈부신 광채가 번뜩였다.

"조심하거라."

적월의 등 뒤에서 불사 나왕의 경직된 목소리가 들렸다.

적월 역시 이번 공격만큼은 막아내기 쉽지 않을 거란 생각에 두 손으로 검을 잡으며 온몸의 기운을 검에 밀어 넣었다.

웅!

적월의 검이 그의 진기를 이기지 못하고 검신을 떨며 묵직한 파공음을 만들어냈다.

적월이 좌측으로 움직이며 몸을 기울였다.

그 순간 눈부신 섬광이 적월의 양 미간을 향해 닥쳐들었다. 전신극이 만들어내는 강렬한 섬광은 그 빛을 마주하는 사람의 시야를 일순간 멀게 만든다.

적월 역시 한순간 눈앞이 하얗게 변하는 착시에 빠졌다. 순간 적월은 아예 눈을 감아버렸다.

전신극이 다가올 경로를 이미 예측하고 있기에 가능한 선택이었다. 만약 대량의 전신극이 그의 예상과 다른 방향으로 움직인다면 그는 대량의 호언대로 죽거나 혹은 팔다리 두어 개쯤은 끊어질 것이다.

쩌저적!

대량의 전신극이 만들어내는 벽력의 소리가 적월의 귀를 파고들었다. 다행히 예상했던 경로다.

그럼 적월의 대응도 한 길밖에 없었다. 애초에 생각하고 있던 그 검로 그대로 적월이 검을 쳐올렸다.

카카캉!

적월의 검이 만들어내는 검기가 요란하게 전신극의 벽력 줄기들과 충돌했다.

'읏!'

적월이 지금까지와는 달리 견디기 힘든 묵직한 전신극의 기운을 느끼며 내심 당혹성을 내뱉었다.

그러나 그 와중에도 적월은 자신의 검을 부드럽게 움직였다. 마치 바람에 흔들리는 버드나무처럼 적월의 검이 전신극의 벽력 속에서 부드럽게 휘어졌다.

그러자 전신극의 강력한 벽력 줄기가 적월의 검기에 비껴 나가기 시작했다.

"핫!"

적월이 무지막지한 대량의 공격을 거의 피해냈다 싶은 순간 다시금 대량의 입에서 강력한 기합 소리가 터져 나왔다.

그 순간 여러 갈래로 갈라져 있던 벽력의 줄기 중 하나가 갑자기 아름드리나무처럼 커졌다.

"물러나라!"

적월의 등 뒤에서 나왕의 목소리가 들렸다.

하지만 적월은 거대해지는 벽력의 줄기를 피하지 않고 오히려 그 앞으로 뛰어들며 검으로 밀듯이 쳐냈다.

그그긍!

검과 벽력의 기운이 마찰하면서 절벽이 무너지는 듯한 소리가 일어났다.

그 순간 적월의 몸이 전신극의 기운을 이겨내지 못하고 기울어지듯 옆으로 밀려나기 시작했다.

"지금이에요!"

적월이 급하게 외쳤다.

그러나 사실 적월의 외침은 필요 없는 것이었다. 어느새 불사나왕의 검이 기울어지는 적월의 어깨를 넘어와 대량의 심장을 찔러가고 있었기 때문이다.

눈부시지 않지만 자연의 빛과 구분되는 청색의 검기, 더운 여름날 내리는 한줄기 소낙비에서 느껴지는 시원함, 그리고 도저히 사람의 움직임으로는 피할 수 없는 빠름.

"제기랄!"

대량의 입에서 한순간 욕지거리가 터져 나왔다. 적월의 어깨를 넘어 자신의 심장을 파고드는 이 한 줄기 검기를 그는 피할 자신이 없었다.

다른 때라면 전신극을 들어 막아내겠지만 지금 전신극은 마치 자석에 끌리듯 적월의 검에 엉켜 다른 방향으로 향해 있었다. 그런 전신극을 빼내 날아오는 검기를 막기에는 시간이 부족하다는 것을 대량은 본능적으로 알고 있었다.

그럼에도 그의 반응은 빠르고 신속했다.

팡!

가장 급한 것은 적월의 검에 얽힌 전신극을 회수하는 것이었고, 두 번째는 나왕의 일검을 피하는 것이었다.

적월이 자신의 몸을 뒤로 물리면서 동시에 팔에 힘을 주자 허리가 기형적으로 꺾였다.

팟!

그 순간 나왕의 검이 그의 가슴을 아슬아슬하게 베고 지나갔다.

콰!

대량이 급히 회수한 전신극으로 나왕의 검기를 강하게 때려댔다.

눈부신 불꽃이 일어나며 적월과 나왕, 그리고 대량이 폭발하는 화산처럼 사방으로 튕겨 나갔다.

"끄응!"

세 방위를 점하고 마주 선 세 명 중 대량의 입에서 나직한 신음성이 흘러나왔다.

그의 가슴 오른쪽으로 길게 검상이 나 있고, 그 상처로부터 피가 흘러나오고 있었다. 심장을 찔린 것은 아니지만 무시할 수 없는 부상, 이 상황에서 대량은 도저히 적월과 나왕을 상대할 수 없는 몸 상태가 되었다.

적월 역시 얼굴색이 편해 보이지 않았다.

마지막 순간 무지막지한 대량의 공격을 비껴내느라 공력을 바닥까지 끌어 쓴 것도 있고, 나왕에게 좀 더 최적의 상황을 만들어주기 위해 무리하게 대량의 전신극을 잡아두고 있느라 중하지는 않지만 나름 내상을 입은 것이다.

"괜찮으냐?"

나왕이 적월을 보며 걱정스럽게 물었다.

"끄떡없어요."

적월이 일부러 미소를 지어 보이며 검을 재차 부여잡았다.

그런 두 사람을 보며 대량이 얼굴을 찌푸렸다.

"정말 대단한 스승과 제자군. 불파일맥이라고 했소?"

대량이 나왕에게 물었다.

그러자 나왕이 고개를 끄떡여 대답을 대신했다.

"오늘 내가 이곳에서 이런 곤란을 겪게 될 거라고는 미처 생각지 못했소. 그런데 당신들 스승과 제자를 만났구려."

대량이 씁쓸하게 말했다.

"강호는 넓고 기인이사는 모래알처럼 많지."

나왕이 차갑게 대답했다.

"후우… 그래도 한 번 더 싸워봐야 할 것 같소."

대량이 전신극을 휘둘러 자신의 몸 상태를 가늠하며 말했다.

"더 이상은 무리다. 고집을 부린다면 다음번에는 절대 내 검을 피하지 못할 것이다."

나왕이 대량에게 경고했다.

"후후, 그런 경고까지 받다니. 그 말은 지금까지 내가 다른 사람들에게 한 말인데. 하지만 지금 물러나면 내 사부가 날 그냥

두지 않을 거요. 이 정도 부상에 물러난다는 것은……."

대량이 피가 흘러 옷이 붉게 물들고 있는 오른쪽 가슴을 보며
말했다.

"그 정도로도 죽음에 이를 수 있다."

"물론 알고 있소. 하지만 뭐 사부의 능력이라면 죽은 사람도
살려낼 텐데 이 정도 부상은… 한 번만 더 겨뤄봅시다."

우웅!

대량의 전신극이 무거운 울음을 토해냈다. 진기가 주입된 것
이다.

"고집이 세군."

나왕이 못마땅한 표정을 지으면서도 검을 쥔 손에 힘을 주었
다. 그의 검이 푸른 기운을 머금은 검기를 만들었다.

적월 역시 대량을 향해 검을 겨누었다.

그러자 대량이 두 사람을 보며 고개를 한 번 끄떡이고는 아무
말 없이 이번에는 나왕을 향해 먼저 날아들었다.

아무래도 방어에 치중하는 적월보다는 일격필살의 검법을 지
닌 나왕을 먼저 상대하는 것이 유리하다고 생각한 모양이었다.
물론 그 판단은 그의 실수였지만.

쩌저적!

대량은 부상을 당한 몸으로도 전신극의 벽력을 일으켰다. 그
것이 그의 몸에 큰 무리를 준다는 것을 모든 사람이 알고 있지
만, 대량은 전신극의 힘을 온전하게 사용하기 위해 자신의 몸을
희생하고 있었다.

"무모하구나."

나왕이 혀를 차며 가볍게 검을 휘둘렀다.

팟!

그의 검에서 뻗어나간 검기가 전신극이 만드는 벽력의 줄기와 충돌했다.

카캉!

날카로운 충돌음이 일어나자 나왕이 빠르게 대여섯 걸음 물러났다. 비록 부상을 당했지만 여전히 정면으로 대량의 전신극을 상대하는 것은 어리석은 일이라는 걸 잘 알고 있는 나왕이었다.

나왕이 물러나자 대량이 나왕을 쫓으며 소리쳤다.

"불사 나왕에게 후퇴란 어울리지 않소."

번쩍!

나왕을 따라붙은 대량의 전신극이 한 줄기 섬광과 함께 앞으로 쭉 밀려 나왔다.

마치 쾌검을 쓰는 것 같은 창술, 그 눈부신 빠름에 나왕이 황급하게 몸을 회전하며 전신극을 몸 옆으로 흘려보냈다.

순간 전신극의 기운에 스친 나왕의 옷자락이 수 갈래로 갈라지면서 불에 탄 듯 검게 그을렸다.

그런데, 그렇게 위태로운 상황에서도 나왕의 검이 움직였다.

팟!

다시금 나왕의 검에서 푸른 검기가 뻗어 나오며 일살검이 펼쳐졌다.

"기다리고 있었소."

이번만큼은 대량도 나왕의 일살검에 대비를 하고 있었던 듯 번개처럼 전신극의 방향을 틀어 나왕의 일살검을 막았다.

쾅!

두 사람의 격돌이 또 한 번 큰 파장을 일으켰다. 그 혼란스러움을 뚫고 대량의 전신극은 계속해서 나왕을 향해 전진했다.

천하십대고수 나왕을 밀어붙이는 대량의 힘은 놀라운 것이었다. 더군다나 그는 제법 큰 부상을 입은 상태였다.

투투툭!

나왕이 뒤로 밀리며 계속해서 다섯 번 검을 휘둘렀다.

그러자 다섯 개의 검영이 각기 모두 살아 있는 살초가 되어 전신극을 지나쳐 대량의 급소를 파고들었다.

놀라운 쾌검. 그러나 대량의 반응 역시 놀라웠다.

웅!

대량이 전신극을 든 손을 두어 번 휘두르자 전신극의 창신(槍身)이 좌우로 휘어지며 자신을 향해 날아오는 나왕의 검기들을 빠르게 쳐냈다.

카카캉!

나왕이 만들어낸 검기들이 전신극에 튕겨지면서 대량의 사혈에서 벗어났다.

파팟!

비껴 나간 검기들이 다시 대량의 옷자락 몇 군데를 베어냈다. 하지만 대량을 위협할 만한 상처는 만들지 못한 나왕의 반격이었다.

나왕의 공격을 막아낸 대량이 재차 나왕을 향해 폭사했다.

"끝을 봅시다."

대량이 이를 악물며 소리쳤다.

그는 모든 힘을 쏟아내고 있었다. 적어도 나왕이란 사람은 그래야만 상대할 수 있는 고수라는 것을 그의 몸이 깨닫고 있었다.

나왕 역시 두 발을 사선으로 엇갈려 놓고 검을 자신의 중심에 세운 뒤 공력을 끌어 올려 검에 실었다.

그러고는 대량을 향해 천천히 검을 겨누었다.

전신극과 나왕의 검, 이 두 절대고수의 병기가 서로를 향해 자석처럼 끌려 들어가는 상황. 그런데 이들의 싸움에 또 하나의 변수가 있다는 것을 두 사람은 잠시 잊고 있었다.

그리고 그 변수가 시작됐다.

적월이 움직였다.

적월은 지금 나왕과 대량이 최후의 격돌을 하면 나왕 역시 크게 몸이 상할 거란 걸 알고 있었다. 그래서 지금이 자신이 움직여야 할 때라고 생각했다.

그런데 이번에 그가 꺼내 든 무공은 지금까지 대량을 상대했던 금강검이 아니라 불파일맥의 일살검이었다.

"여기서 끝내요!"

적월이 나왕에게 소리치며 자신의 검을 번뜩였다.

순간 나왕의 일살검 못지않은 차갑고 푸르스름한 검기가 빛과 같은 속도로 대량의 옆구리를 파고들었다.

"이런!"

그제야 적월의 존재를 떠올린 대량의 입에서 당혹스러운 음성이 흘러나왔다.

그리고 나왕을 향하던 전신극을 재빨리 횡으로 회전했다.

차앙!

순식간에 적월의 검기와 대량의 전신극이 마찰하듯 교차했다. 그 충격으로 적월의 검기가 살짝 틀어졌다.

팟!

방향이 틀린 적월의 검기가 대량의 오른팔 위쪽을 깊게 베고 지나갔다.

"음!"

팔에 부상을 입은 대량이 순간적으로 전신극에 대한 통제력을 잃고 나직하게 신음 소리를 흘렸다.

그 순간 나왕의 검이 그의 심장을 파고들었다.

"끝이다."

나왕의 입에서 차가운 일갈이 터져 나왔다.

대량이 한 팔로 전신극을 휘둘러 나왕의 검을 쳐냈다.

차앙!

나왕의 검이 전신극에 밀리면서도 끝내 대량의 가슴을 깊게 찌르고 번개처럼 물러났다.

"욱!"

가슴을 찔린 대량이 비틀거리면서 뒤로 물러났다. 그러면서도 그는 전신극을 휘두르는 것을 잊지 않았다.

번쩍!

최후의 발악처럼 휘두른 전신극이 그 어느 때보다 눈부신 광채를 만들어냈다.

그 빛의 눈부심에 적월과 나왕 두 사람 모두 대량의 위치를 잃고 잠시 공격을 멈췄다.

그렇게 한순간 사람들의 시야를 멀게 한 빛은 순식간에 사라졌다. 그런데 눈부심이 사라진 후 사람들이 다시 대량을 찾으려 했을 때, 그는 이미 천마루 하단에 있는 동굴 중 한 곳으로 달려 들어가고 있었다.

"소형제, 그리고 불사! 나중에 한번 다시 겨뤄봅시다. 그때는 절대 이런 결과는 아닐 것이오."

대량의 목소리가 천마루를 뒤흔들었다.

그리고 그의 외침을 끝으로 천마루에 침묵이 찾아들었다.

잠시 이어진 침묵은 두 사람의 등장으로 깨졌다.

"형님!"

"불사!"

오손과 자왕 사송이 숲속에서 뛰어나오며 적월과 나왕을 불렀다.

두 사람은 나는 듯이 적월과 나왕 곁으로 다가와 눈으로 먼저 두 사람의 몸을 살폈다.

크게 다친 곳은 없어 보였지만 두 사람 모두 얼굴이 창백한 것이 내력의 소모가 극심했음을 말해주고 있었다.

"몸은 괜찮소이까?"

사송이 다시 나왕에게 물었다.

"난 괜찮소. 그런데 월이가?"

나왕은 적월이 걱정되는 모양이었다.

"저도 괜찮아요."

적월이 고개를 저으며 말했다.

"내상을 입은 듯하던데……."

나왕이 걱정스러운 표정으로 다시 물었다.

"돌볼 수 있는 정도예요."

적월이 걱정 말라는 듯 미소까지 지어 보였다.

"원 그 녀석, 뭘 그렇게 오랫동안 그놈을 붙들고 있었어? 적당할 때 반격을 했어야지."

사송은 적월이 대량과 일백 초가 넘게 싸움을 벌인 것이 마음에 들지 않는 모양이었다.

"버틸 만했어요. 결과도 좋았잖아요."

"위험했다."

사송이 정색을 하며 말했다.

그때 나왕이 두 사람의 대화에 끼어들었다.

"아무튼 월이에게는 좋은 경험이 되었을 거요. 이런 경험은 흔치 않으니까."

"그렇기는 하지만……."

나왕까지 나서서 적월을 거들자 사송이 한발 물러섰다.

그러자 나왕이 다시 말했다.

"이제부터는 자왕께서 고생하셔야 하겠소이다."

"그렇지요. 이제 와서 그를 놓칠 수는 없으니까."

"설마 따라간다고요?"

오손이 화들짝 놀란 표정으로 물었다.

"그럼 이제 와서 그를 놓아주잔 말이냐? 그럴 거면 애초에 천산에 오지도 않았지."

"하지만 그가 회복한다면⋯⋯."

"그렇게 쉽게 회복될 부상이 아니야. 바로 가지요."

사송이 나왕에게 말했다.

그러자 나왕이 대답했다.

"잠시만 시간을 주시오."

나왕이 양해를 구한 후 무림인들이 모여 있는 곳으로 다가갔다.

무림인들이라야 무당의 청허자 유정과 소림의 혜찬, 그리고 북두산문 일행이 전부였다.

물론 목숨을 잃지 않고 큰 부상을 입은 채 땅에 쓰러져 있는 몇몇도 있기는 했다.

"수고하셨소이다, 불사!"

나왕이 다가오자 소림승 혜찬이 합장을 하며 말했다.

"수고야 모두가 한 것이지요. 그 덕에 그가 지쳤으니까요. 그런데 이젠 중원으로 돌아들 가실 테니 부탁 하나만 하겠습니다."

나왕이 혜찬에게 말했다.

"말씀하시지요."

"이 아이를 천산 변경을 벗어날 때까지만 부탁드립니다."

나왕이 송검산을 가리키며 말했다.

"그야⋯⋯."

혜찬이 당연하다는 듯 고개를 끄떡였다.

그러자 나왕이 송검산에게 말했다.

"검산, 이동하는 동안 어른들의 말씀에 무조건 따르도록 하거

라. 이분들만이 십육마문의 잔당들로부터 널 지켜줄 수 있을 것이다."

"며, 명심하겠습니다."

송검산이 얼떨결에 고개를 숙이며 대답했다.

그러자 나왕이 이번에는 북두산문의 문주 백완에게 눈길을 돌렸다.

"북두산문은 어찌하실 생각이신지?"

"글쎄요. 우리는……."

백완이 행보를 정하지 못했는지 말꼬리를 흐렸다.

그러자 나왕이 충고하듯 말했다.

"가능하면 천산을 벗어나시길 권하겠소. 그의 뒤에 누군가가 있다면 이건 무림맹이 나서야 하는 일이오. 강호의 어떤 문파도 단독으로는 그의 배후를 상대할 수 없을 것이오."

"불사 대협은 어쩌실 생각이신가요?"

백완이 물었다.

"그에게 들을 말이 있소."

"무슨 말을……."

"그건 말씀드리기 어렵소. 아무튼 모두들 조심해서 돌아가시길 바라오. 아마도 천산에서 멀지 않은 곳에 무림맹의 사람들이 나와 있을 것이오. 이 사달이 날 것을 어느 정도는 예상했을 테니까. 분명 일부의 사람은 나와 있을 것이오. 그때까지 무사하길 바라겠소. 그럼 난 이만……."

나왕이 혜찬과 청허자 유정에게 가볍게 고개를 숙여 보이고는 적월 등에게로 다가갔다.

나왕이 돌아오자 자왕 사송이 기다렸다는 듯 대랑이 사라진 천마루 하단의 동굴을 향해 달리기 시작했다.

　그 뒤를 따라 적월 등 세 사람도 급히 몸을 날렸다.

제5장
추격

"어쩌면 좋겠소?"

놀라운 무공으로 전신극의 주인 대량을 도주하게 만든 나왕과 적월이 천마루 하부의 깊은 동굴로 사라지자 청허자 유정이 혜찬에게 물었다.

어느새 하루가 지나 이른 저녁이 시작되고 있었다. 푸른 하늘이 서서히 붉은 기운을 띠기 시작하는 시간이었다.

그 하늘을 보며 혜찬이 말했다.

"돌아가야 할 때요."

"전신극은……?"

청허자 유정이 미련이 남는 표정으로 물었다.

"그의 스승이란 자가 있다고 했소. 표정을 보니 대량이란 자도 그 스승을 두려워하는 듯 보였소. 그런 자가 도사리고 있는데 겨우 이 인원으로는……."

혜찬이 침통한 표정으로 주위를 돌아보았다.

부상을 당해 땅에 쓰러져 있다가 대량이 사라지자 겨우 몸을
일으킨 자들까지 합해도 무림고수들의 숫자는 채 서른이 되지
않았다.

그나마 가장 나중에 싸움에 뛰어든 북두산문만이 제대로 전
력을 보존하고 있는 유일한 문파였다.

그들을 제외하면 스물도 되지 않은 인원이다. 이 인원으로는
전신극 추격에 나설 수 없었다.

"하긴 사람이 너무 적구려. 더군다나 십육마문의 후예들까
지……."

유정이 고개를 돌려 멀리 천마루 북쪽을 바라봤다. 그곳에는
대량을 피해 도주한 후금 등 십육마문의 후예들이 멈춰 서서 이
쪽 사정을 살피고 있었다.

"일단 서둘러 이곳을 떠나야 할 것 같소. 근방에 저들의 무리
가 더 있다면 위험한 상황이오."

혜찬이 말했다.

"그럽시다. 하지만 너무 걱정하지 않아도 될 것이오. 만약 가
까운 곳에 저들의 무리가 더 있었다면 벌써 이곳으로 달려왔을
것이니……."

"음, 그렇긴 하구려. 하지만 그래도 일단 이곳을 떠납니다. 그
런데… 문주께 인사가 늦었소이다. 소림의 혜찬이오."

혜찬이 뒤늦게 북두산문의 문주 백완에게 시선을 돌리며 인
사를 했다.

강호의 배분으로는 혜찬이 백완에 비해 한 세대 위의 사람이
지만 그래도 한때 천하제일가였던 북두산문의 명성을 생각하면
혜찬도 백완을 함부로 대할 수 없었다.

"무슨 말씀을, 오히려 제가 인사가 늦었군요."

백완이 조금은 냉담한 표정으로 혜찬에게 가볍게 고개를 숙
여 보였다. 사실 무림의 명문이란 자들이 지난 백 년 동안 북두
산문을 무시해 온 것을 생각하면 어떤 사람에게든 살가울 수 없
는 백완이었다.

"요즘 들어 북두산문이 크게 힘을 회복하고 있다는 소문을
들었는데 오늘 보니 명불허전, 빈도는 정말 북두산문의 힘과 문
주의 무공에 감탄했소이다."

청허자 유정도 백완의 무공을 칭찬하며 아는 척을 했다.

"모두 이전의 싸움에서 그가 무리하게 힘을 썼기 때문에 가능
한 일이었지요. 그나저나 사람들이 너무 많이 상했군요."

백완이 주위를 돌아보며 말했다.

"음… 오늘의 일은 아마도 무림사에 영원히 기록될 혈사가 될
것이오."

청허자 유정도 우울한 표정으로 말했다.

"이대로 두고 가도 될는지……."

백완이 중얼거렸다.

이대로 죽은 자들의 시신을 두고 간다면 들짐승들에게 시신
이 훼손될 가능성이 컸다.

"시신들을 모아 한데 묻고 갑시다. 무림맹이 움직이면 그때 다
시 돌아와 제대로 수습하는 것으로 하고."

청허자 유정은 냉정했다. 시신 수습에 시간을 빼앗길 수 없다는 의사를 분명히 했다. 그리고 그 결정은 사실 지금 상황에서 가장 옳은 결정이었다.

유정의 말에 백완도 동의했는지 그나마 피해가 적은 북두산문의 고수들을 보며 말했다.

"힘들어도 시신을 한데 모아주세요. 정사의 구분 정도만 하시고… 주변에 돌이 많으니 모은 시신들은 일단 돌로 덮어두세요."

"예, 문주님!"

무령댁 등 북두산문의 문도들이 대답을 하고는 서둘러 무림인들의 시신을 한데 모으기 시작했다.

그 모습을 보고 있던 청허자 유정이 다시 입을 열었다.

"그런데 불사가 과연 그자를 제압할 수 있을 것 같소이까?"

청허자 유정의 물음에 혜찬이 걱정스러운 표정으로 대답했다.

"글쎄올시다. 사실 내 생각으로는 위험한 선택을 한 것 같소. 대량이란 자의 뒤에 그의 스승이 있다는 것을 생각하면… 그 스승의 정체가 뭔지 모르지만 불사 일행은 겨우 넷인데……."

"나도 좀 무모한 추격인 것 같기는 하오."

청허자 유정이 혜찬이 말에 동조했다.

그때 이 대화에 어울리지 않는 한 청년이 입을 열었다.

"그래도 사부님은 불사시니까……."

말을 하다 말고 청년 자신이 놀라 겸연쩍은 표정으로 급히 입을 다물었다.

송검산이었다.

사람들도 모두 뻘쭘한 표정으로 송검산에게 잠시 시선을 주었다가 이내 무심하게 시선을 거뒀다.

송검산이 자신이 입으로 불사 나왕을 사부라 부르는 것은 누가 봐도 염치없는 짓이었다. 송가장의 힘, 그리고 불사 나왕의 명성에 입을 다물고 있지만, 강호무림에서 나왕이 송가장에게 어떤 취급을 당했는지, 그리고 왜 결국 나왕이 송가장을 떠났는지 알 만한 사람은 모두 알고 있었다.

그러니 송검산이 나왕을 두고 사부 운운하는 것은 겸연쩍은 것을 넘어 비난을 피할 수 없는 행동이었다.

그나마 철부지 같은 송가장의 후예가 한 소리기에 가벼운 비웃음으로 넘어갈 수 있는 일이었다.

하지만 그가 아닌 백완의 말에는 유정이나 혜찬 모두 귀를 기울였다.

"어쩌면 성공할 수도 있을 것 같아요."

송검산 때문에 잠시 끊겼던 대화의 끈이 백완으로 인해 다시 이어졌다.

"불사가 말이오?"

유정이 되물었다.

"네."

"하지만 아무리 불사라 해도……."

"그에게는 뛰어난 조력자가 있으니까요."

"앞서 길을 찾아 나선 그자 말이오? 불사만큼은 아니지만 꽤나 추레한 몰골이던데……."

유정은 아무래도 자왕 사송의 모습으로 인해 큰 기대가 없는 모양이었다.

"그분의 별호가 자왕이라 하더군요. 아세요?"

"자왕? 자왕이라… 아! 자왕. 십이지방의 그 자왕 말이오?"

무림오선 현무자 도원명의 제자인 청허자 유정쯤 되면 십이지방의 존재를 알고 있는 것이 당연했다.

그럼 자연스레 십이지방의 열두 괴객 중 한 명인 자왕의 이름을 모를 리 없었다.

"맞아요. 그분이 바로 자왕이에요."

"아! 그렇군. 십이천문!"

강호의 정세를 손금 보듯 하는 구패의 일원인 무당에 십이천문의 존재는 이미 오래전에 알려진 이름이었다.

"불사 나왕에 자왕, 그리고 불사 나왕의 그 어린 제자라면…기대해 볼 만도 하겠소이다."

소림승 혜찬도 나왕의 행보에 기대를 나타냈다.

"음… 그런데 그 나왕의 제자란 청년 말이오. 정말 대단하지 않소이까? 대량이란 작자를 상대로 백 초를 견디다니……."

청허자 유정이 다시 생각해도 믿기 힘들다는 듯 새삼스레 적월의 무공에 감탄했다.

"세상에 청출어람이라는 말이 간간히 쓰이기는 하지만 어쩌면 그 청년이야말로 그 말에 어울리는 사람이 될 것 같더이다."

혜찬도 유정의 말에 동의했다.

"음… 강호무림은 얼마 지나지 않아 일대 괴물을 보게 될 것 같소. 지금도 전신극의 주인과 백 초를 싸운 청년인데 몇 년 지나면 과연 어떤 고수로 성장할지……."

유정이 부럽기도 하고 두려운 듯도 한 표정으로 말했다.

"그래도 다행 아니겠소? 그런 재능이 불사의 손에 길러진다는 것이. 적어도 불사는 마도의 사람은 아니지 않소이까. 독선적인 면이 있긴 하지만."

"하긴 그렇소이다. 껄끄러운 사람이긴 하지만 불사만큼 신뢰할 수 있는 사람도 무림에 없을 것이오." ·

청허자 유정도 불사 나왕에 대한 신뢰를 드러냈다.

그런 두 사람의 대화를 말없이 듣고 있던 백완이 모호한 감정이 묻어나는 시선으로, 불사 나왕이 들어간 천마루 하단의 동굴로 시선을 돌렸다.

*　　　　　*　　　　　*

생각보다 어려운 일은 아니었다. 아니, 아주 쉬운 일이라고 말하는 게 옳았다.

대량은 특별히 자신의 흔적을 숨기지 않았다. 그의 몸에서 흘린 핏자국도 군데군데 있었고, 가끔 전신극에 긁혀 떨어진 돌덩어리들도 있었다.

더군다나 대량을 추격하는 사람은 자왕 사송이었다. 그는 대량의 체취를 확인한 순간부터는 거의 아무런 어려움 없이 대량을 추격했다.

동굴은 끊이지 않고 이어졌다. 이런 곳으로 끌려 들어왔으니 무림이 고수들이 대량의 손에 죽어나가지 않을 수 없었을 것이다.

또 하나 추격이 수월한 이유는 도주하는 자가 대량 혼자가 아나라는 것이었다.

대량의 수하가 된 청해 무자방의 방주 도흘과 그의 수하들 역시 대량을 따라 도주하고 있었다.

그 무리의 존재는 싸울 때는 거추장스러울 수 있지만, 추격을 할 때는 숨길 수 없는 흔적을 남기기에 큰 도움이 되었다.

그렇게 반시진 정도의 동굴 속 추격이 이어지다가 갑자기 눈앞이 환해졌다.

동굴이 끝나고 높은 침엽수림 쪽으로 대량의 흔적이 이어지고 있었다.

일행은 동굴 입구에서 달리던 걸음을 잠시 멈췄다.

"드디어 동굴을 벗어났네요."

수월한 추격이라고 해도 반시진 동안 동굴 속을 달리는 것은 지루한 일이어서 오손이 큰 숨을 내쉬며 말했다.

"이제부터 더 어려울 수도 있겠어요."

적월이 몇 리에 걸쳐 이어진 숲을 보며 말했다.

동굴 속에서야 흔적을 감추기 쉽지 않고, 일단 방향을 잡으면 외길이지만 숲은 다르다. 흔적을 숨기거나 혹은 다른 곳으로 유인하기 위해 일부러 흔적을 남길 수도 있었다.

"그렇지는 않을 게다."

그런데 나왕은 적월과 생각이 다른 모양이었다.

"계속 지금처럼 이동할까요?"

적월이 물었다.

"추격이 있을 거란 생각 자체를 하지 않을 거다. 살아남은 자도 몇 없으니까."

"우리가 추격할 거란 생각은 할 거 아니에요?"

오손이 물었다.

"그랬다면 동굴 속에서도 조심해서 도주했겠지. 봐라. 저기에도 흔적이 남겨져 있다. 추격 따위는 전혀 신경 쓰지 않는 거지."

나왕의 말대로 침엽수림 한쪽에선 대량의 전신극에 잘려 나간 나뭇가지들이 보였다.

꼭 그것이 대량의 전신극에 의해 베어진 것이라고 확인한 것은 아니지만, 잘린 지 채 몇 각이 되지 않는 것은 분명했다. 그렇다면 대량 일행 말고 다른 자들이 남긴 흔적일 수 없었다.

"아무튼 다시 달려봅시다. 조금이라도 빨리 그를 따라잡아야 하니 말이오. 그의 스승이란 자가 있다 했으니 그가 개입하면 일이 어려워질 수도 있소."

자왕 사송이 나왕에게 말했다.

"맞는 말씀이오. 지금부터는 속도를 냅시다."

나왕이 동의하자 자왕 사송이 오손을 돌아보며 말했다.

"혹시 뒤처지더라도 흔적을 따라올 수 있지?"

"그럼요. 걱정 마세요. 하지만 저도 걸음은 빠르니 뒤처질 일은 없을 거예요."

오손이 자신 있게 대답했다.

"글쎄, 어디 두고 보자."

자왕 사송이 빙긋 미소를 짓고는 훌쩍 몸을 날려 침엽수림 속으로 달려 들어갔다.

오손은 얼마 지나지 않아 스스로 자신이 한 말이 틀렸다는 것을 인정할 수밖에 없었다.

청안족으로서 타고난 능력과 자연신공으로 형성된 내공이 있음에도 불구하고 오손은 제대로 달리기 시작한 십이천문의 세 고수를 도저히 따라잡을 수 없었다.

"제길, 뭐가 저렇게 빨라?"

적월의 꽁무니를 따르다 말고 결국 두 손으로 무릎을 짚은 오손이 숨을 헐떡이며 중얼거렸다.

그러자 한참 멀어진 적월이 잠시 걸음을 멈추고 뒤를 돌아봤다.

오손이 적월이 멈춘 것을 보고 먼저 가라는 듯 손짓을 했다. 그러자 적월이 천천히 오라고 몇 번 손짓을 하고는 이내 오손의 시야에서 사라졌다.

"볼수록 괴물들이야. 그래서 두렵기도 하지만 재밌기도 해. 어떻게든 십이천문에 들어가야겠어. 저런 사람들과 지내면 흥미진진한 일이 많은 테니까."

위험하다는 것은 본능적으로 알고 있었다. 십이천문이 그저 외로운 사람들이 모여 살자고 만든 문파가 아님도 알고 있었다. 그럼에도 불구하고 오손은 적월 등과 함께 천산을 여행하며 이 사람들에게 자신도 모르게 빠져들고 있었다.

사람들의 성품이야 각기 틀렸지만 하나같이 음흉하지 않고 솔직했고, 또한 자신은 물론 주위 사람들을 지켜낼 만큼 강했다. 그런 사람들과 강호를 주유하는 것은 젊은 오손이 늘 꿈꾸던 일이었다.

그래서 나왕이 탐탁하게 생각지 않는 것을 알고 있으면서도 오손은 끝내 십이천문에 들어가고 말겠다 결심하고 있었다.

"아무튼 그러려면 나도 내 한 몸 지킬 수 있는 능력이 있다는 걸 보여줘야겠지. 그러니 힘들어도 가보자고!"

오손이 스스로를 다독이며 다시 달리기 시작했다.

*   *   *

백발의 노인이 초로의 노인을 보며 재미있다는 표정을 짓고 있었다.

천산의 수백 개 봉우리 중에서는 작은 축에 속하는 봉우리 위에서였다. 봉우리 아래로 수 리에 걸쳐 펼쳐진 침엽수림이 호수처럼 들어차 있었다.

"바보 같은 녀석 같으니라고."

초로의 노인이 화가 난 듯 중얼거렸다.

"그래서 내가 말했잖은가? 세상일이란 것이 언제나 변수가 존재하게 마련이라고. 그 아이를 탓하지는 마시게. 그 아이의 문제가 아니라 불파일맥이 문제였으니까. 후후."

"밀천께서는 웃음이 나오십니까?"

초로의 노인이 불편한 표정으로 물었다.

"내가 웃지 못할 이유가 있나?"

"이 일은 밀천께도 중요한 일입니다."

"이 사람, 아직도 날 모르는군. 내가 웃지 못할 만큼 중요한 일이란 세상에 없네."

농담 삼아 한 말 같지만 그 말을 들은 초로의 노인 표정이 한

순간 굳어졌다. 굳어진 얼굴에서는 은은한 두려움이 느껴졌다. 그러다가 금세 본색을 회복하며 말했다.

"그래도 귀찮기는 하실 겁니다."

"불파일맥의 스승과 제자 때문에?"

"십이천문이란 이름으로 신화밀교를 조사하고 있는 자들입니다. 그래서 그들을 이리로 부른 것 아닙니까?"

"뭐, 그 이유가 없는 것은 아니지. 하지만 그건 신화밀교를 지켜야 할 때의 일이고. 사실 신화밀교란 것도 내겐 그저 도구일 뿐이지 꼭 지켜야 할 뭔가는 아니야. 밀교에 대한 미련을 버리면 불파일맥의 두 사제가 내게 큰 부담이 되는 존재는 아니지."

밀천이라 불린 노인의 말에 초로의 노인이 다시 놀란 표정을 지었다. 그러고는 백발의 노인을 보며 물었다.

"정말 신화밀교를 버리실 수도 있는 겁니까?"

"뭐 쓸모가 제법 있는 집단이기는 하지만 거추장스러우면 버리는 거지."

"하지만 그렇게 되면……."

"그렇게 되면 내가 강호에서 움직일 세력이 없다?"

"그렇습니다."

초로의 노인이 대답했다.

그러자 백발노인이 실소를 흘렸다.

"이 사람, 내 후계자란 사람이 그런 말을 하는가. 내가 어디 세력 따위에 의지하는 사람인가?"

"불쾌하셨다면 죄송합니다. 다만 저는……."

"물론 조금 불편하기는 하겠지. 하지만 바둑이란 난국을 풀어내는 맛에서 더 큰 쾌감을 느끼는 것 아니겠는가? 내 걱정보다 자네 걱정을 먼저 하게."

"무슨 말씀이신지……?"

"십이천문인가? 대량인가? 어느 쪽을 선택하시려는가? 흥미 있는 문제라서 나도 궁금하군."

백발노인의 질문에 초로의 노인이 난제를 앞에 둔 사람처럼 아미를 모았다. 그러다가 다시 백발의 노인에게 물었다.

"정말 신화밀교가 없어져도 상관하지 않으시겠습니까?"

그러자 백발노인이 의외라는 듯 되물었다.

"대량을 버리고 십이천문을 택하려고 하시는가?"

"……."

초로의 노인이 대답을 미뤘다.

그러자 밀천이라 불린 백발노인이 고개를 갸웃했다.

"알 수 없군. 쓸모로 보자면 대량이 더 쓸모 있는 것 아닌가? 역시… 정 때문인가?"

"그런 것은 아닙니다."

"하면……?"

"대량에게 한 번 더 기회를 주기 위해서지요."

"허허, 그건 또 무슨 말인가?"

백발노인이 도대체 이해할 수 없다는 표정으로 물었다.

"신마혈단을 써보려고 합니다."

"어이쿠야!"

백발노인이 크게 놀란 반응을 보였다. 그러면서 다시 물었다.

"정말 그 물건을 쓰려고?"

"그렇습니다."

초로의 노인이 덤덤하게 대답했다.

그러자 백발노인이 물었다.

"정이 많은 사람이 대량에게는 왜 그렇게 냉정한고?"

"그 아이는… 애초에 자질이 부족한 아이였지요. 냉정하게 대하지 않았다면 절대 지금처럼 성장하지 못했을 겁니다."

"음, 사실 자질이 부족한 것은 맞지. 그래서 내가 늘 걱정하지 않았는가? 대량 그 아이가 과연 나와 자네의 뒤를 이을 수 있는 재목일까 하고 말이야. 뭐, 자네 후계자야 자네가 결정하는 것이지만."

"그래서 대량에게는 독한 수련이 필요했지요. 그게 제가 그 아이를 위하는 방식입니다."

초로의 노인이 다부진 표정으로 대답했다.

"후우… 이제 보니 내가 걱정할 필요가 없었군. 난 자네의 다정(多情)을 늘 걱정했는데 그 정도 냉정함이라면……."

백발노인이 고개를 끄떡였다. 초로의 노인을 인정한다는 듯한 표정이다.

"운명은 누구에 의해서가 아니라 스스로 타고나는 것 아니겠습니까?"

"그렇긴 하지. 그런데 조금 걱정은 되는군."

"무엇이 말입니까?"

"대량 그 아이가 신마혈단의 마기를 이겨낸다면 우리를 능가할 수도 있네. 공력으로는 말이지."

"그렇다 한들 애송이지요."

초로의 노인이 차갑게 대답했다.

"하하, 맞는 말이야. 무공이라는 것이 내공만 높다고 강해지는 것은 아니니까. 아무튼 다녀오게. 기대함세."

백발노인의 말에 초로의 노인이 가볍게 고개를 숙여 보이고는 빈 소매 한쪽을 휘날리며 봉우리를 내려갔다.

그 모습을 보고 있던 백발노인이 나직하게 중얼거렸다.

"마지막… 이번이 마지막이겠지. 세상을 두고 벌이는 놀이도. 이번 놀이가 끝나면 이 즐거움은 자네의 것이 되겠지. 그때 자네는 날 어찌 대할지……."

*   *   *

뚝!

문득 전신극의 주인 대량이 걸음을 멈췄다.

덕분에 그의 뒤를 힘겹게 따르고 있던 청해 무자방의 방주 도흘과 그의 수하들 역시 다급하게 걸음을 멈췄다.

"돌아가라."

대량이 갑자기 말했다.

처음에는 그의 말이 누굴 향한 것인지 몰랐던 도흘은 대량의 시선이 자신을 향하자 그제야 자기에게 한 말이라는 것을 깨닫고는 당황스러운 표정으로 되물었다.

"제게 하신 말씀이십니까?"

"달리 누가 있느냐?"

"하지만 갑자기 왜……? 어디로 가란 말씀이십니까?"

이미 그가 전신극의 주인을 따른다는 사실은 온 세상에 알려진 바다. 이 상태에서 청해 무자방으로 돌아간들 그는 강호공적 이상도 이하도 아니었다.

아니, 그가 무자방으로 돌아가 봐야 무자방은 텅 비었을 것이다. 강호공적이 된 방주를 기다릴 방도들은 무자방에 없었다.

마도를 추구하는 자들이기도 하지만 정사양도의 공적이 된 방주에게 충성할 인간은 무자방에 존재하지 않기 때문이다.

"어디에 가서 숨어 있든 아니면 서역 여행이나 한 일이 년 하고 돌아오거라."

대량이 퉁명스레 말했다.

"대체 왜……?"

도주를 했다고는 해도 대량은 여전히 건재했다. 그의 손에는 지금도 전신극이 있었다.

조용한 곳에서 한동안 휴식을 취하면 다시 천하제일을 논할 수 있는 무공을 회복할 것이고, 이후 세력을 모으면 충분히 무림천하를 도모해 볼 만하다고 생각하는 도홀이었다.

그런데 대량이 갑자기 마치 모든 것을 포기한 사람처럼 말하니 도홀로서는 쉽게 받아들일 수 없는 명이었다.

"조금 시간이 걸릴 거야. 내가 다시 무림에 나가려면. 그때까지 너희들은 내 곁에 있을 수 없다. 지금 당장 이곳을 떠나지 않으면 너희들은 내 사부에게 죽게 될 거니까."

"그게… 무슨……."

갑자기 죽음이라니. 도홀은 대량의 말을 믿을 수가 없었다. 자신의 제자를 따르는 사람들을 죽일 사부가 있단 말인가.

"사부는 무섭고도 특별한 사람이다. 스스로 내 사부란 말을 한 번도 한 적이 없는 사람이기도 하지. 그만큼 냉정하다는 것이고, 자신의 존재를 세상에 철저히 숨기고 있는 사람이기도 하다. 그러니, 너희들이 사부의 얼굴을 보게 되는 순간 너희들은 죽을 것이다. 그 사부가 지금 날 만나러 오고 있다."

대량의 멀리 보이는 산봉우리를 주시하며 말했다. 도홀 등의 눈에는 아무도 보이지 않았지만 대량은 사부란 자의 존재를 느끼고 있는 모양이었다.

대량의 경고를 들은 도홀의 표정이 변했다.

대량의 말이 결코 과장되거나 허언이 아니라는 것을 알고 있기 때문이었다.

그러자 갑자기 마음이 급해졌다. 당장 이곳을 벗어나지 않으면 대량의 사부란 자에게 정말 죽임을 당할 것 같았기 때문이다.

"일단… 천산 은밀한 곳에 숨어 있겠습니다. 주군께서 다시 강호에 나오시면 저희들이 찾아가겠습니다."

"나쁘지 않지."

대량이 고개를 끄떡였다.

"그럼 다시 뵐 때까지 강건하시기 바랍니다."

도홀의 고개를 숙이며 말했다.

"제길, 강건하란 말은 늙은이들에게나 하는 인사말이야. 너희들 목숨이나 잘 지켜. 특별히 아름답게 시작한 사이는 아니지만, 그래도 내 수하가 되었으니 나중에 내가 강호를 제패하면 날 선택한 대가는 충분히 얻게 될 테니까."

"물론 믿고 있습니다."

도흘이 머리를 조아리며 대답했다.

"좋아. 그럼 가봐."

"예, 주군! 다시 뵙겠습니다. 가자."

도흘이 자신을 따르는 무자방의 방도들을 돌아보며 명을 내렸다. 그러자 무자방의 방도들이 그들이 온 길을 되짚어 숲으로 사라졌다.

"생각보다 쓸 만한 자였나?"

숲으로 사라지는 도흘을 보며 대량이 중얼거렸다.

그런데 그때, 도흘이 사라진 숲과 반대쪽 숲에서 나이 든 사람의 목소리가 들려왔다.

"천하공적의 살인마로 살아가야 하는 네게 아직도 인정이 남았더냐?"

순간 대량의 눈에서 한차례 한광이 폭사하더니 이내 평정심을 되찾고는 천천히 고개를 돌리며 미소 띤 얼굴로 말했다.

"어서 오십시오. 사부!"

숲에서 초로의 노인이 걸어 나왔다.

노인은 밀천이라 불리던 백발노인과 함께 천산의 고봉에서 대량의 도주를 지켜보고 있던 인물이었다.

"그들을 돌려보낸 이유는 내가 그들을 죽일 것 같았기 때문이겠지?"

"뭐……."

대량이 부인하지 않고 대답했다.

"그만한 힘을 주지 않았으냐? 혼자서도 천하인 모두를 상대할 수 있는 힘을."

"전신극 말입니까?"

대량이 손에 들고 있는 전신극을 들어 보이며 말했다.

"전신극, 무공, 그리고 인내심까지… 모두 내가 너에게 준 것들 아니냐?"

"그러게 말입니다. 그런데 왜 고마운 생각이 들지 않는지 모르겠습니다. 그리고… 아무리 그런 것들이 있다 해도 역시 혼자 세상을 상대하는 것은 쉽지 않더군요."

"도주를 한 것은 네가 너무 무모하게 그들을 상대했기 때문이다."

"힘이 부족한 것이지요."

대량이 단호하게 말했다.

"어찌 천하인을 힘 하나만으로 상대할까. 항우가 유방에게 패한 이치를 모르느냐?"

"그래도… 항우가 제법 사내답게 살았지요."

대량이 지지 않고 대답했다. 그러자 노인이 눈살을 찌푸리며 대량을 바라보다가 물었다.

"넌 항상 나와 다른 방법을 택하려 했지."

"홀로 나가 세상을 상대하라고 명을 내리신 것은 사부님이십니다."

"그것이 네 모습을 온전히 드러내고 백주대낮에 모두가 보는 곳에서 천하무림인을 상대하라는 의미는 아니었다."

"뭐… 그래도 거의 성공한 것이나 다름없지요. 마지막 모양이 마음에 들지 않아서 그렇지."

대량이 어깨를 으쓱하며 말했다.

그런 대량을 노인이 잠시 바라보다가 조금 더 차분한 목소리로 물었다.

"어떠하더냐?"

"무림인들이요? 상대해 보니 별것 아니던데요?"

여전히 대량은 자신의 무공에 대해 자신이 있는 모양이었다.

"아니, 불파일맥의 그 두 사제들 말이다."

"음… 그것도 보고 계셨군요?"

대량이 조금 불편한 표정으로 되물었다.

"그럼 살피지 않을까. 내가 키운 놈이 천하인을 상대로 홀로 싸우는 광경을."

"제법 멋있었지요?"

"불파일맥의 두 사제에 대한 생각이나 말해봐라."

노인이 대량의 자랑은 듣고 싶지 않다는 듯 말했다.

그러자 대량이 잠시 멋쩍은 표정을 짓다가 입을 열었다.

"몸이 회복되면 다시 한번 겨뤄보고 싶은 상대더군요."

"다시 겨루면 이길 것 같으냐?"

"……?"

대량이 선뜻 대답을 하지 못한다.

그러자 노인이 다시 물었다.

"자신 없느냐?"

"질 것 같지는 않은데… 다른 건 모르겠고, 그 어린 녀석의 검법은 참으로 곤란하더군요. 만약 그 검법을 불사까지 알고 있다면……."

"그럼 패할 것이다?"

"아마도……."

대량이 인정하기는 싫지만 어쩔 수 없다는 듯 고개를 끄떡였다.

"너같이 자존심이 강한 놈이 그렇게 대답할 정도면 정말 불파일맥은 무서운 무맥(武脈)이군."

"그러게 말입니다. 일인전승이 아니라면 강호구패를 능가하는 세력을 일궜을 겁니다."

대량도 정색을 한 표정으로 말했다.

"그런 자들이 하나의 문파를 만들었지. 십이천문이라고……."

"그런가요?"

대량은 십이천문에 대해 모르는 모양이었다. 아니, 그것보다 무림에서 멀리 떨어진 천산의 오지에 사는 노인이 갓 만들어진 십이천문에 대해 아는 것이 더 놀라운 일이었다.

"뭐, 야망을 가진 문파는 아니지만. 어쨌든 향후 무림에서 중요한 존재들이 될 것이다."

노인의 말에 대량이 묵묵히 고개를 끄떡였다. 한 번의 겨룸으로도 불사 나왕과 그 제자의 능력을 충분히 깨달았기 때문이다.

"아무튼, 그들 두 사람조차 넘어서지 못하는 실력으로 천하의 주인이 될 수 있겠느냐? 누구처럼 지혜가 출중한 것도 아니고."

"누구 말입니까? 천하를 지혜로 가질 수 있는 사람이 있습니까?"

대량이 한순간 눈빛을 반짝이며 물었다.

"놈… 능구렁이처럼……."

"흐… 이젠 그분에 대해 말해줄 때도 되지 않았습니까?"

"아직은 그분이 원치 않는다."

노인이 단호하게 말했다.

"그럼 사부 이름이라도 알려주세요. 이거 참… 기분이 좋지 않더라고요. 이번에도 여러 번 그 질문을 받았는데, 어디 출신이냐? 누구에게 무공을 배웠느냐? 이런 질문 말입니다. 대답을 해주지 않는 것이 아니라 정말 사부가 누군지 몰라 대답을 못 하는 신세가 처량하기도 하고……."

그러자 초로의 노인이 잠시 망설이다가 입을 열었다.

"내 이름을 알면 안 되는 사람들이 있다."

"저 입 무겁습니다."

대량이 불쾌한 듯 말했다. 자신을 믿지 못하는 노인에 대한 반발이었다.

"그렇긴 하지. 하지만… 음, 좋아. 말해주마. 대신 너도 한 가지 제안을 받아들여라."

"또 뭘 말입니까?"

대량의 지난 삶은 오직 노인에 의해서 결정되어 왔다. 그가 시키는 것은 무엇이든 하고 살아온 대량이었다. 그런데 또다시 뭔가를 강요하려는 노인에게 대량은 본능적으로 반발심을 느끼고 있었다.

하지만 그런 대량의 반응에 아랑곳 않고, 노인은 품속에서 검고 작은 목함을 꺼내 손바닥 위에 올렸다.

"그게 뭡니까?"

대량이 퉁명스레 물었다.

"신마혈단."

노인이 아무렇지도 않게 대답했다.

"어… 설마… 그걸 저더러……."

"싫으냐?"

"나보고 죽으라는 겁니까?"

"도박을 해보라는 거지. 네 인생을 걸고. 보통 사람이라면 죽겠지만 넌 전신극의 힘도 통제할 수 있는 사람 아니냐. 그렇다면 신마혈단의 기운도 이겨낼 가능성이 있지."

노인이 태연하게 말했다.

하지만 대량은 결코 태연할 수 없었다.

"신마혈단이 그렇게 단순한 게 아니지 않습니까?"

대량이 따지듯 물었다.

적어도 대량이 알기로, 사부라는 노인의 손 위에 있는 목함 안의 물건은 천하에서 인간에게 가장 위험한 물건 중 하나였다.

"인생은 복잡하게 생각하면 할수록 어려워지는 법이다. 언제나 가부(可否) 둘 중 하나의 선택이지. 그게 가장 잘 어울리는 사람이 너고. 그런데 뭘 걱정하느냐?"

"죽음의 단약… 신선이 되든 악마가 되든… 아니면 죽든. 보통의 무인이 복용하면 죽을 가능성이 구 할, 그게 사부께서 그 단약에 대해 제게 해준 말 아닙니까?"

"지금은 조금 바뀌었다."

"어떻게 말입니까?"

"너라면 오 할 정도로 해두지."

노인이 인심 쓰듯 말했다.

"생사가 오 할, 거기에 신마의 가능성이 반반이면 정상적으로 성공할 확률은 이 할 오 푼……."

"신마가 무슨 상관이냐. 어차피 지금도 마인인 걸."

노인이 정말 인정사정없는 표정으로 말했다.

"그래도 지금은 제정신이 있는 마인이지요. 하지만 그 신마혈 단으로 인해 마인이 되면 이지를 상실하지 않습니까? 그냥 괴물 입니다."

"꼭 그런 것은 아니지."

노인이 고개를 저었다.

"아무튼 정상인은 아니지 않습니까?"

"애초에 마인이란 비정상의 존재가 아니겠느냐? 아무튼… 운 명을 시험할지 아닐지는 너의 선택에 달렸다. 하지만 신마혈단을 택하지 않으면 오늘 네가 불파일맥의 사제에게 당한 패배는 앞 으로도 극복하기 어려울 것이다."

노인이 대량을 몰아붙였다.

노인의 말에 대량의 얼굴색이 붉게 변하고 볼이 씰룩이더니, 왼손을 가볍게 휘저었다. 그러자 노인의 손 위에 있던 검은 목함 이 허공으로 떠오르더니 대량의 손으로 빨려 들어왔다.

턱!

대량이 허공을 날아온 목함을 낚아채더니 노인을 노려보며 말했다.

"이 일의 결과가 사부께도 영향을 미칠 수 있다는 걸 아셔야 할 겁니다."

"물론 나도 그 정도 도박은 해야지."

스릉!

노인이 말을 하며 검집에서 검을 빼 들었다.

"뭡니까?"

"일이 잘못되면 널 죽여주려고."

노인이 너무도 태연하게 말했다.

그러자 대량의 얼굴이 일그러졌다.

"정말 내게 너무하시는군요."

"모두 널 위해서다."

끝까지 노인은 냉정했다.

그러자 대량이 얼굴색을 굳히며 말했다.

"좋습니다. 내 운명을 시험해 보지요. 그러나 이 도박이 단지 불파일맥의 그 두 사제를 극복하기 위한 것만은 아닙니다. 난… 사부님과 그분을 극복하기 위해 이 도박을 하는 겁니다."

"뭐든 좋다. 도박이란 것이 마음을 뛰게 한다면 선택해라."

노인이 단호하게 말했다.

그러자 대량이 말없이 목함을 열어 그 안에 있는 붉은 단약을 집어 들었다. 그리고 한순간 망설임도 없이 단약을 입에 넣었다.

"뜨거울 거다."

노인이 경고했다.

"고통은 언제나 익숙했지요. 사부 덕에."

대량이 한 손으로 전신극을 들고 바위 위에 가부좌를 틀고 앉으며 대답했다.

그리고 더 이상 노인과 말을 하고 싶지 않다는 듯 눈을 감았
다.

그런 대량을 본 노인이 가볍게 고개를 저으며 한숨을 내쉬었
다.

그러면서도 살기가 흐르는 시퍼런 검날을 번쩍이며 운기를 시
작한 대량에게로 다가섰다.

제6장
대량의 폭주

대량의 조용한 운기는 그리 길지 않았다.

신마혈단을 복용한 지 채 일각이 지나지 않아 대량의 얼굴이 붉어지기 시작하더니 호흡이 흐트러지고 그의 코에서 거친 숨이 흘러나오기 시작했다.

"견뎌라!"

노인의 차가운 목소리가 흘러나왔다. 대량을 향한 말이다.

그러자 대량의 볼이 한차례 씰룩였다. 고통에 의한 것인지 혹은 노인의 말에 대한 반발인지는 알 수 없었다.

그러나 그 와중에도 대량은 입술을 꽉 다물고 자신의 내면에서 일어나는 거대한 기운과 싸우고 있었다.

뜨거운 화산을 배 속에 집어넣은 것 같은 고통은 그가 경험했던 그 어떤 고통보다도 강렬했다.

한순간이라도 정신줄을 놓으면 그 열기에 온몸이 타버릴 것 같은 강렬함이다. 그 기운이 뇌에 침범하는 순간 대량은 이지를 상실한 괴물이 될 것이고, 그런 모습이 보이면 노인은 가차 없이 대량의 목을 벨 것이다.

노인의 그 비정함을 알고 있기에 대량은 온 힘을 다해 신마혈 단의 기운이 뇌에 침범하는 것을 막고 있었다.

그러면서도 끊임없이 운기하지 않으면 혈단의 기운이 혈맥을 막아버릴 것이기 때문에 결국 대량은 두 가지 일을 한꺼번에 해 낼 수밖에 없었다. 그것도 그가 이전에는 경험하지 못했던 고통 을 수반하면서…….

"좋구나. 정말 견딜 줄은 몰랐는데……."

노인이 이를 악물고 신마혈단의 기운을 흡수하고 있는 대량 을 보며 중얼거렸다.

그런데 그것이 노인의 실수였다.

노인의 말을 듣는 순간 대량의 심기가 흔들렸다. 처음 노인은 대량이 신마혈단의 기운을 제대로 흡수할 확률이 오 할 정도 된 다고 말했었다. 그런데 지금 그가 무심코 흘린 말을 들어보니 애 초에 그는 대량이 신마혈단의 기운을 정상적으로 흡수할 가능 성이 거의 없다고 생각하고 있었던 것이다.

대량은 고통 속에서도 노인의 말을 모두 듣고 있었다. 그리고 자신에 대한 확신이 거의 없었다는 노인의 말을 듣는 순간 그의 분노가 폭발했다.

기억에 없는 어린 시절부터 인간이 견디기 힘든 고통 속으로 자신을 밀어붙이며 무공을 수련케 한 노인이었다.

그런데. 끝까지 자신의 목숨 따위는 안중에도 없었던 노인의 행동에 대량은 끝내 흔들리고 말았던 것이다.

"커어어!"

대량의 입에서 기이한 음성이 흘러나왔다.

순간 노인의 표정이 일변했다.

"입을 닫아. 호흡을 끊어라!"

노인이 다급하게 소리쳤다.

지금 대량의 모습은 신마혈단의 기운을 이기지 못하고 입을 열어 내부의 뜨거운 열기를 밖으로 내보내려는 것이기 때문이었다.

하지만 그렇다고 신마혈단의 기운이 입을 통해 밖으로 나오지는 않는다. 대신 혈단의 기운은 대량의 머리로 치솟아 올라 그의 이지를 상실하게 만들 것이다.

그 이치를 너무 잘 알고 있는 노인으로서는 갑작스러운 대량의 변회가 당황스러웠다.

"끄으으… 사부, 당신은……."

대량이 반개했던 눈을 크게 떴다. 그러자 머리까지 올라온 신마혈단의 기운이 그의 눈을 통해 폭사했다.

눈동자가 사라진 불타는 듯한 눈, 노인조차도 두려움이 느껴지는 눈이 그를 노려보고 있었다.

"이놈! 정신 차려라! 죽고 싶은 것이냐?"

노인이 호통을 쳤다.

그런 노인을 보며 대량은 괴물처럼 중얼거렸다.

"당신은… 끝까지 날 믿지 못했… 어. 그러면서도 신마… 혈단을 내게 주다니……."

"놈! 결국 네가 선택한 것이다. 어서 입을 닫고 운기에 집중하라!"

노인이 다시 한번 소리쳤다.

하지만 대량은 더 이상 노인의 말에 따를 생각이 없었다. 그는 입을 닫는 대신 다시 노인을 원망했다.

"당신이 진심으로 날 제자로 대해준 적이 있었던가? 단지… 당신의 도구로 생각했을 뿐……."

"어리석은 놈! 지금 이 지경에 신세 한탄을 하자는 거냐? 그러다간 네놈 몸은 한 줌의 재가 되고 만다."

"흐흐흐, 사부… 설마 아무리 신마혈단의 기운이 강하다 한들 내가 재가 되겠소? 사부조차도 망설이지 않고 죽여 버릴 수 있는 살인마라면 모를까. 크흐흐!"

대량이 노인을 노려봤다.

그 순간 대량의 눈이 붉은색에서 검은색으로 변해가기 시작했다.

그 모습을 보고 있던 노인이 이를 악물었다.

"놈… 결국!"

검을 쥔 노인의 손에 힘이 들어갔다.

그 모습은 대량에게도 똑똑히 보였다.

"정말 날 죽이시려고?"

"마인은 몰라도 살인귀를 제자로 둘 수는 없다."

"흐흐, 이미 난 당신에 의해 강호의 일대 살성이 되었는데?"

"이지를 갖고 행한 살행과 정신을 잃고 살인의 쾌감에 도취돼 벌이는 살육은 다른 것이다."

노인의 검은 어느새 시퍼런 검기를 흘리고 있었다.

"사람 죽이는 일이면 결국 같은 것이지 다를 게 무엇이오. 그런데… 사부! 미안하지만 난 아직 죽을 생각이 없소!"

화르륵!

한순간 대량이 한쪽에 놓아두었던 전신극을 번개처럼 집어 들어 그대로 노인을 찔렀다.

전신극을 타고 대량의 몸을 휘감기 시작한 신마혈단의 열기가 한순간에 노인을 덮쳤다.

"놈!"

노인이 감히 자신에게 살수를 쓴 대량의 행동에 분노하며 검을 그어 올렸다.

팟!

빠르고 날카로우면서 신마혈단의 기운조차 베어버릴 힘을 지닌 검기가 노인 앞에서 사선으로 뻗어 올랐다.

콰릉!

전신극의 기운과 노인의 검기가 충돌하면서 강렬한 굉음이 터져 나왔다.

순간 대량이 신마혈단의 붉은 기운에 완전히 휩싸였고, 노인의 몸은 한차례 움찔했다.

신마혈단의 기운에 휘감긴 대량의 모습보다 그런 대량의 공격을 막아낸 노인의 무공이 더 경악스러운 순간이다.

"내가 키웠으니 내가 거둔다!"

자신에게 밀려드는 신마혈단의 기운을 와해시킨 노인이 대량을 향해 재차 검을 휘두르며 소리쳤다.

팟!

노인의 검에서 다시 두 줄기의 검기가 일어나 화염에 휩싸인 듯한 대량을 향해 날아갔다.

그런데 그 검기들이 허깨비를 찌른 것처럼 허무하게 화염을 뚫고 지나갔다. 사람의 몸을 베거나 찌른 감각이 노인에겐 전혀 느껴지지 않았다.

"놈!"

노인이 욕설을 내뱉었다. 노인의 얼굴이 당혹감으로 물들었다.

그 순간 십여 장 떨어진 곳에서 대량의 목소리가 들려왔다.

"흐흐흐, 사부… 아무리 사부라 한들 순순히 죽어줄 자가 있겠소? 나중에 봅시다. 신마혈단이 날 무엇으로 만들든 반드시 다시 사부를 찾아가리다. 적어도 사부의 무덤은 내가 만들어줘야지 않겠소? 기다리시구려."

여전히 화염에 휩싸인 대량이 그 말을 남기고 허공을 가르며 노인에게서 도주하고 있었다.

"서라, 이놈!"

노인이 당황한 듯 소리치며 바람 같은 속도로 대량을 추격하기 시작했다.

"저게 뭘까요?"

멀리서 숲을 가르며 달려가는 화인(火人)과 그 뒤를 쫓는 노인을 발견한 적월이 물었다.

그러자 자왕 사송이 대답했다.

"앞서가는 화인은 전신극의 주인 대량이다."

"어떻게 그걸 아세요?"

"창을 들고 있지 않느냐?"

그러고 보니 앞서 달리는 화인(火人)의 손에는 불길에 휘감긴 듯한 기다란 물체가 들려 있었다.

자세히 보지 않으면 알 수 없으나 자왕 사송처럼 노련하고 예민한 고수의 눈에는 그 물체가 전신극임을 숨길 수 없었다.

"어쩌다 저런 지경이 되었을까요? 우리와 싸우는 중에 내상을 입었나?"

"내상을 입었으면 피를 토하고 죽었겠지."

이번에는 나왕이 적월의 말에 대답했다.

"하긴 그렇겠네요. 그럼 저건 대체……."

"둘 중 하나다. 급히 내상을 치료하기 위해 무리하게 환단을 복용해 주화입마에 빠졌든지, 아니면 뒤쫓는 노인에게 특별한 무공으로 공격을 당했든지."

"특별한 무공이라뇨?"

"강호에는 상대를 화염에 휩싸이게 하는 양강지공도 있으니까."

"어느 쪽일까요?"

적월이 물었다.

"글쎄, 지금으로선 나도 알 수 없구나."

나왕이 고개를 저었다.

"따라가 봅시다."

문득 자왕 사송이 평소와 달리 조금 서두는 모습을 보였다.

"그럽시다. 여기까지 와서 놓칠 수는 없는 일이니까."

나왕이 고개를 끄떡이자 사송이 즉시 몸을 날렸다.

"왜 저리 서두르시지?"

사송의 다급함에 고개를 갸웃한 적월을 두고 나왕이 말했다.

"조금 뒤에 오너라."

"예?"

"오손이 우리를 놓칠 수 있다. 저자들의 속도가 워낙 빠르니."

"아, 알겠어요."

"그럼 먼저 가마."

나왕이 훌쩍 몸을 날려 사송의 뒤를 쫓기 시작했다.

＊　　　　　＊　　　　　＊

침엽수의 숲이 끝나고 설원이 시작되었다. 어느새 길은 천산의 이름 없는 고봉 중턱에 이르러 있었다.

흙과 눈이 반반쯤 대지를 차지하고 있는 땅, 거친 바위도 있어서 일반 사람이 오르기 힘든 지형이었다.

그럼에도 불구하고 네 사람이 맨땅을 달리듯 산비탈을 치닫고 있었다.

앞서가는 자는 불길에 휩싸여 있었고, 뒤를 따르는 노인은 한 손에 검을 든 채 한쪽 팔은 없는 듯 옷소매를 바람에 날리고 있었다.

그리고 그들로부터 꽤 멀리 떨어진 곳에서 두 명의 중년 고수들이 바람처럼 두 사람을 쫓고 있었다.

이 기이한 추격전은 이미 반시진 이상 계속되고 있었는데, 그중 누구도 자신이 추격하는 자를 완전히 따라잡지는 못했다.

그만큼 네 사람의 무공이 우열을 가리기 어렵다는 뜻이었다.

"놈… 점점 더 강해지는구나."

불길에 휩싸인 자를 추격하던 노인이 어두운 낯빛으로 중얼거렸다. 그러면서도 여전히 걸음은 늦추지 않는 노인이다.

그러다가 문득 고개를 돌려 뒤쪽을 바라봤다. 그의 눈에 자신을 추격하고 있는 두 중년 사내가 보였다.

제법 거리가 멀어 그 생김새를 자세히 볼 수 없었으나 노인은 분명 자신을 추격하는 사람들의 정체를 아는 눈치였다.

"어쩐다. 이러다가는 결국 만나게 될 텐데."

자신을 추격하는 자들과 마주치고 싶지 않다는 기색이 역력한 노인의 말투다.

"후우… 참으로 곤란하게 되었구나. 결국 저놈을 포기해야 하나."

노인의 눈빛에 갈등이 깊어 보인다.

"녀석이 설산 고봉으로 오르는 것은 몸 안의 열기를 식히기 위한 본능적인 움직임. 이대로라면 녀석은 결국 산봉우리까지 갈 것이다. 그 안에 따라잡기는 어려울 것 같고. 어쩔 수 없군. 일단 몸을 숨기고 상황이 어찌 돌아가나 살펴볼 밖에."

자왕 사송의 얼굴은 딱딱하게 굳어 있었다.

오랜 세월 만나지 못했지만 어젯밤에 만난 것처럼 그 모습을 잊을 수 없는 사람도 있다.

그래서 지금 거리가 멀어 자세히 볼 수는 없어도 노인이 풍기는 느낌이 이미 그의 마음을 흔들고 있었다.

"그럴 리 없어."

사송이 애써 자신의 느낌을 부정했다.

한쪽 팔소매를 휘날리면서 외팔에 검을 든 채 달리는 노인에게서 그는 한때 그의 대형이었으며, 혈월야의 밤, 죽은 것으로 알고 있는 학사검 종선의 향기를 느끼고 있었다.

그러나 단지 느낌일 뿐 확신할 수는 없었다. 노인을 따라잡아 그의 얼굴을 확인하기 전까지 모든 것은 추측에 불과할 뿐이다. 그럼에도 불구하고 불길한 예감은 어쩔 수 없었다.

나왕은 그런 사송의 뒤를 묵묵히 따르고 있었다. 사송이 몇 번 혼잣말을 중얼거렸지만, 나왕은 그에 대꾸하지 않았다. 그것이 자신의 대답이 필요한 말들이 아니라는 것을 누구보다 잘 알고 있기 때문이었다.

이제 설산의 눈이 발목까지 빠지기 시작했다.

아무리 고수라 해도 가파른 설산을 치달아 오를 때의 눈은 번거로운 물체가 분명했다.

그런데 그렇게 한참 정신없이 앞서간 자들을 추격하던 사송의 입에서 갑자기 당혹한 목소리가 흘러나왔다.

"뭐지? 어디로 간 거지?"

여전히 달리고 있는 화인(火人)과 달리 그를 쫓던 노인이 커다란 바위 군락을 지나는 순간 자취를 감춰 버린 것이다.

바위 지대라 눈 위에 선명히 찍히던 발자국도 없었다.

"우리 추격을 피해 몸을 숨긴 모양이오."

나왕이 말했다.

"그런 것 같구려. 후우… 반드시 따라잡았어야 하는데."

사송은 전신극의 주인 대량보다 노인에게 더 관심이 많았기 때문에 무척 아쉬워했다.

"일단 몸을 숨기기로 한 이상 그의 흔적을 찾다가는 저자를 놓칠 것이오."

나왕이 화염에 휩싸인 대량을 보며 말했다.

"그렇긴 한데……."

사송이 망설였다. 전신극의 주인 대량도 중요하지만 그를 추격하던 노인이 그의 뇌리에서 떠나지 않는 듯 보였다.

"아무리 급해도 일에는 순서가 있는 법, 숨은 자를 찾는 것보다는 그래도 눈에 보이는 자를 따라가는 것이 좋을 것 같소. 그를 제압하면 그에게서 노인에 대한 이야기를 들을 수 있지 않겠소?"

나왕이 사송을 설득했다.

그러자 사송이 고개를 끄떡였다.

"불사의 말씀이 맞소이다. 미련이 남아서… 일단 저자에게 무슨 일이 일어난 건지 알아봅시다."

사송이 결국 노인에 대한 미련을 버리고는 다시 대량을 추격하기 시작했다. 그러자 나왕도 사송의 뒤를 따라 설산 봉우리를 향해 달리기 시작했다.

그런데 두 사람이 대량을 추격하기 위해 멀어지자 갑자기 두 사람이 지나간 길 우측의 거대한 바위 군락에서 모습을 감췄던 노인이 불쑥 나타났다.

그러고는 사송과 불사 나왕을 보며 중얼거렸다.

"후우… 좋아. 이번에는 순순히 내 사람들을 내주지 않으리라. 삼천이 아니라 누구에게라도."

*　　　　*　　　　*

크아아아!

대량이 하늘을 향해 울부짖었다.

번쩍!

그의 손에 들린 치우의 창이 사방으로 휘둘러지며 바위나 만년설들을 봉우리 아래로 밀어냈다.

쿠르릉!

대량의 울부짖음과 사방으로 뻗어나가는 전신극의 벽력이 만들어내는 눈사태가 적지 않은 크기로 일어났다.

설산 고봉의 정상에서 하늘을 향해 울부짖는 대량의 모습은 마치 자신의 운명을 저주하는 광인의 몸부림 같았다.

"저거… 저러다 죽겠소."

설산 정상까지 대량을 추격해 온 사송이 혀를 차며 말했다.

"그대로 두면 분명 그리될 것이오."

나왕이 대답했다.

"그렇다고 달리 방법이 없지 않소?"

사송이 나왕을 보며 물었다.

"한 가지 방법이 있기는 한데……."

"뭡니까?"

"뇌로 통하는 혈맥을 잠시 막는 것이오. 그럼 저 기운들이 그를 죽이지는 않을 것이오."

나왕이 대답했다.

"하지만 그게 어디……."

결코 쉬운 일이 아니다.

정상적인 상태에서도 전신극의 주인 대량은 상대하기 버거운 사람이었다. 그런데 지금은 마치 하늘과 맞상대도 할 것 같은 모습으로 강력한 기운을 연신 뿜어내고 있었다. 아마 그의 곁으로 다가가는 것조차 어려울 것이다.

그러니 그의 뒷머리 혈맥을 제압하는 것은 거의 불가능에 가까운 것이었다. 자칫하다가는 다가가기도 전에 죽을 수 있었다. 아니, 그럴 가능성이 그의 혈맥을 제압하는 것보다 크다고 할 수 있었다.

"월이 있다면 가능할 수도 있소."

나왕이 이제 눈에 들어오기 시작한 적월을 바라보며 말했다.

적월은 오손을 데리고 설산 정상을 향해 올라오고 있었다.

"소요가 어떻게 그 일을 해낸단 말이오?"

애초에 사송은 적월이 위험한 일을 하는 것 자체가 반대인 사람이었다.

"앞서와 같소. 적월의 금강검으로 저자의 기운을 막아내며 전진한 후 내가 그의 혈도를 제압하는 것이오."

이 방법은 애초에 적월과 나왕이 대량을 상대할 때 썼던 방법

그대로였다.

"금강검이라. 그 검법이 과연 저 미치광이의 기운을 막아낼 수 있겠소?"

사송이 걱정스러운 표정으로 물었다.

"자왕께서는 검신 백초산을 너무 가볍게 생각하시는구려. 금강검은 그의 최후 심득이 남아 있는 검법이오. 그리고 그는 금강검이 없을 때도 고금제일검이라 불린 사람이오."

"물론 그렇기는 하지만……"

"저자가 죽으면 학사검에 대한 단서도 처음부터 다시 찾아야 할 것이오."

나왕이 결국 사송이 거부할 수 없는 이유를 내놓았다.

혈월야의 비밀과 학사검 종선의 행적, 이 두 가지는 사송이 도저히 거부할 수 없는 일들이었다.

"후우… 알겠소이다. 일단 소요가 오면 의사를 물어봅시다."

사송이 한 걸음 물러났다.

일각 정도가 지나자 적월이 오손을 데리고 설산 정상으로 올라섰다.

"저게 다 무슨 일이에요? 저 사람은 왜 괴물이 된 거죠?"

오손이 화염에 휩싸여 폭발하는 화산처럼 자신의 기운을 사방으로 뿜어내고 있는 대량을 보며 물었다.

"정확한 이유야 알 수 없지만 그 노인과 관련이 있겠지. 아무튼… 월아!"

나왕이 오손의 말을 흘려보내고는 적월을 불렀다.

"예, 사부!"

"저자의 광기가 만들어내는 전신극의 벽력들을 막아낼 수 있겠느냐?"

갑작스러운 나왕의 질문에 적월이 잠시 당황한 듯 보이다가 이내 신경을 대량에게 집중했다.

그러고는 잠시 뒤에 대답했다.

"싸울 때보다 수월하겠는데요?"

"그게 무슨 말이냐? 훨씬 위험해 보이는구먼."

애초에 나왕의 계획을 반대했던 사송이 핀잔하듯 말했다.

"물론 강도는 더 세지만 마구잡이로 휘두르는 거잖아요? 정신이 멀쩡할 때의 치밀한 공격하고는 다르죠. 더 쉬워요."

금강검을 수련한 적월의 눈은 상대의 움직임을 읽는 능력이 있었다. 금강검은 상대의 무공을 파악하는 것으로부터 시작되기 때문이다.

그런 적월의 눈에 신마혈단에 의해 광인이 된 대량의 움직임은 그기 제정신일 때 펼쳤던 무공보다 훨씬 수월하게 막아낼 수 있는 것이었다.

"그렇다면 한 번 더 해보자."

나왕이 사송이 만류에도 불구하고 적월에게 말했다.

"그를… 죽이자는 건가요?"

적월이 긴장한 표정으로 물었다.

"아니, 살릴 거다. 가능할지 어떨지 모르지만 들어야 할 말이 있으니까."

"혈도를 점하시려고요?"

"음."

나왕이 고개를 끄떡였다.

"그게 가능할까요?"

적월이 걱정스럽게 물었다. 아무리 이지를 상실한 듯 보여도 광인처럼 날뛰는 절대고수 대량의 혈도를 제압하는 것은 결코 쉬운 일이 아니었다.

"시도해 볼 가치는 있지. 저대로 두면 결국 죽을 테니까."

결심을 굳힌 나왕이 검을 검집에 넣은 채 손에 쥐었다. 아마도 검집의 끝으로 대량의 혈도를 제압하려는 모양이었다.

"알겠어요. 그럼 해볼게요."

적월이 검집에서 검을 빼 들었다.

그러고는 망설이지 않고 대량을 향해 걸어가기 시작했다.

"조심해라."

사송이 이 일을 만류하지 못한 것에 못내 아쉬운 표정을 지으면서도 얼른 적월에게 주의를 줬다.

"걱정 마세요."

사송의 걱정과 달리 적월은 자신만만했다.

그리고 그 기세 그대로, 대량이 만들어내는 화염 속으로 뛰어들었다.

탁탁탁!

몽둥이로 단단한 물체를 치는 소리가 적월의 검에서 연신 터져 나왔다.

그럴 때마다 대량이 만들어내는 화염과 전신극의 벽력들이 적월의 검에 스쳐 비껴 나가며 길이 열렸다.

"크어어!"

실성한 사람처럼 보이는 대량이지만 자신을 향해 다가오는 적월의 존재를 눈치채지 못할 정도는 아니었다.

대량이 본능적으로 자신에게 다가오는 적월을 향해 무지막지한 힘으로 전신극을 휘두르기 시작했다. 마치 오늘날 자신이 이지경이 된 것이 모두 적월 때문이라는 듯 파괴적인 공세였다.

그러나 적월은 자신이 한 말처럼 천마루 앞에서의 싸움보다 훨씬 여유 있게 대량의 공격을 막아냈다.

중구난방, 마치 삼류무사가 휘두르는 창처럼 이지가 상실된 듯 보이는 대량의 공격은 강력하지만 날카로움이 없었다.

그리고 날카로움이 없는 창술은 절대 고금제일검 백초산의 금강검을 뚫을 수 없었다.

대량이 뿜어대는 기운을 생각하면 그리 강렬한 충돌음이 나는 것도 아니었다. 그건 아마도 적월의 금강검이 대량의 기운들을 정면으로 막는 것이 아니라 사선으로 비껴내고 있기 때문일 것이다.

적월은 그렇게 성난 황소처럼 날뛰는 대량을 상대하며 조금씩 전진했다.

그럴수록 대량은 더욱더 사납게 변했지만 적월의 접근을 막을 수는 없었다.

그러던 한순간, 싸움을 지켜보던 나왕의 신형이 사람들의 시야에서 사라졌다.

그리고 그가 나타난 곳은 적월의 바로 등 뒤였다.

"지금이다."

대량과 적월의 거리가 어느새 삼 장 안으로 좁혀져 있었다.

나왕의 말을 들은 적월이 지금까지와는 다르게 빠르고 매섭게 검을 휘저었다.

카카캉!

역시 지금까지와는 다른 거친 충돌음이 일어났다. 그리고 한순간 적월의 앞을 가로막고 있던 화염들이 사라지면서 원형의 투명한 공간이 모습을 드러냈다.

그러자 나왕이 마치 적월의 그림자처럼 바싹 붙어 적월을 지나치더니 그대로 대량을 향해 폭사했다.

나왕이 움직이는 속도는 빛처럼 빨라서 이지를 상실해 가고 있는 대량으로서는 도저히 따라잡을 수 없었다.

"크헝!"

대량이 짐승 같은 울부짖음을 토해내며 화염에 휩싸인 전신극으로 자신을 지나치는 나왕을 내려쳤다.

그러나 나왕은 어느새 대량의 등 뒤로 빠져나가고 있었고, 전신극은 애꿎은 바위와 충돌했다.

쿵!

쩌저적!

전신극에 격중된 바위가 반으로 갈라졌다. 그만큼 대량의 힘은 무서웠다. 만약 대량이 온전한 정신을 가지고 자신의 무공을 십분 활용해 적월과 나왕을 상대했다면 승패를 가늠할 수 없었을 것이다.

"그만 쉬거라!"

그림자처럼 대량의 등 뒤로 다가선 나왕이 한마디 말과 함께 검집의 끝으로 대량의 뒤통수를 찔렀다.

"컥!"

대량의 입에서 무언가를 토해내는 듯한 신음 소리가 터져 나왔다. 나왕이 연이어 대량의 혈도 두어 군데를 더 제압했다.

그러자 대량의 팔이 힘을 잃더니 전신극을 놓치고 그 자리에 주저앉았다.

물론 여전히 그의 몸은 뜨거운 화염에 휩싸여 있었다.

그런 대량의 몸에 나왕이 서슴없이 손을 댔다.

"웃!"

대량의 몸에 손을 댔던 나왕이 흠칫하며 자신도 모르게 손을 뗐다.

"왜요?"

어느새 두 사람 곁에 다가선 적월이 걱정스러운 표정으로 물었다.

"엄청난 기운이다. 어떻게 이런 기운이 있을 수 있지?"

"도대체 무슨 짓을 한 걸까요?"

"글쎄다… 영약이란 것이 강호에 수없이 많이 떠돌기는 하지만 이런 기운을 가진 영약이 있다는 이야기는 들어보지 못했는데……."

"통제할 수 없나요?"

적월이 물었다.

"음… 쉽지는 않겠구나."

"그럼 죽을 텐데요."

"그러게 말이다. 무리를 해야 하나……."

"위험하면 하지 마세요."

적월이 나왕을 만류했다. 대량을 살리는 일도 중요하지만 그것보다 중요한 것이 나왕의 안전이었다.

"아니다. 일단 시작했으니 끝을 봐야지. 조금이라도 흐름을 통제할 수 있다면 죽는 것은 막을 수 있을 것이다. 그렇지 않으면 주화입마! 우린 이자에게서 원하는 것을 얻을 수 없게 되는 거지."

나왕이 단호하게 말하고는 심호흡을 한 후 대량의 등 뒤에 가부좌를 틀고 앉았다.

그러고는 처음과는 다른 신중한 모습으로 두 손을 들어 올려 대량의 등에 조심스레 가져다 댔다.

"음……!"

충분히 조심했음에도 나왕의 입에서 나직한 침음성이 흘러나왔다. 하지만 처음과 달리 나왕은 대량의 등에서 손을 떼지 않았다.

순식간에 그의 몸이 벌겋게 달아올랐다. 하지만 자세히 보면 그것은 대량의 몸에서 흘러나오는 화염 때문이었다. 나왕의 모습은 그 어느 때보다도 냉정하고 신중했다.

몇 방울 땀이 나왕의 이마에 맺혔다. 그의 진기로 대량의 내부에서 들끓는 신마혈단의 기운을 완전히 제어할 수는 없었다. 그는 단지 고삐 풀린 망아지처럼 날뛰는 신마혈단의 기운이 갈 길을 살짝 열어줄 뿐이었다.

그 이후의 일은 오직 대량의 운명이었다. 이 강력한 기운이 대량의 기경팔맥을 파괴할 수도 있고, 운 좋게 대량의 맥을 타고 순화될 수도 있었다.

만약 그렇게 되면 대량은 전무후무한 공력을 얻을 것이다.

그래서 사실 나왕과 적월은 그 이후 대량을 다루는 일을 걱정해야 하는 처지였지만, 대량의 목숨을 구해야 한다는 생각이 그가 살아난 이후 일을 걱정할 여유를 주지 않았다.

아무튼 나왕은 자신의 모든 것을 동원해 대량을 살려내고 있었다. 처음 이마에 몇 방울 맺히던 땀이 이제는 비 오듯 흘러내려 그의 옷을 적실 정도였다.

적월이 나왕의 곁에서 그의 얼굴에 흐르는 땀을 연신 훔쳐내고는 있었지만 자칫 나왕의 집중력을 흐트러뜨릴까 봐 조심하고 있었기에 모든 땀을 닦아낼 수는 없었다.

"제길, 이게 무슨 일인가? 저 무서운 자를 살려내려 저렇게 노력하다니."

사송이 대량에게 붙어 있는 나왕과 적월을 보며 혀를 찼다. 그러나 사실 대량이 살아나기를 가장 원하고 있는 사람은 그 자신이었다.

대량에게서 대형 학사검 종선에 대한 이야기를 듣길 원하기 때문이다.

그럼에도 불구하고 그가 투덜거리는 것은 불사 나왕에게 미안하기 때문이었다.

사실 불사 나왕은 혈월야나 십이지방의 멸문과는 큰 상관이 없는 사람인데 그 일을 밝혀내기 위해 목숨까지 걸고 있는 실정이었다.

"무사할까요?"

오손이 겁을 먹은 표정으로 물었다.

"누구?"

"두 사람 다요."

"글쎄… 대량이란 놈은 하늘의 뜻에 달렸고, 불사 대협은…
아마 무사하실 거다. 언제 어떤 경우에도 살아난 분이니까. 그래
서 별호도 불사! 그런 능력이 있으니까."

사송이 자신이 믿고 싶은 바를 말했다.

"아무튼 대단한 분이에요. 그래서 처음 볼 때부터 어려웠지
만……."

"알고 보면 속정이 깊은 분이란다."

"그런가요?"

"그럼. 남들에겐 놀림을 받았지만 십수 년간 송가장에 의리를
지킨 것도 그렇고. 소요를 대하는 것도 그렇고… 또 사실 지금
저 괴물 같은 놈을 살리려는 이유 중에는 측은지심도 있을 것이
다."

"살인마에게요?"

"음… 이상하지. 천인공노할 살인마인데 사실 나도 약간은 그
렇거든."

"자기가 원해서 한 일이 아니기 때문일까요?"

"그럴지도 모르지. 그래서 그의 사부란 자를 꼭… 음."

말을 하다 말고 사송이 입을 닫았다. 그 사부란 자가 대형 학
사검 종선일 수도 있기 때문이다.

"어? 화염이 조금씩 잦아들어요."

사송이 잠시 말을 끊은 사이 오손이 놀란 표정으로 말했다.

사송이 정신을 차리고 대량을 바라보니 과연 그의 몸을 휘감고 있던 붉은 화염들이 서서히 가라앉고 있었다.

"성공인가……?"

사송이 긴장한 표정으로 말하며 대량이 있는 곳으로 조금 더 다가가기 시작했다.

"크르륵!"

대량에게서 기가 죽은 듯한 신음 소리가 흘러나왔다. 그에게서 흘러나오는 화염은 이제 거의 잦아들었다.

그즈음에서 나왕이 한 손을 떼더니 자신의 검집으로 점혈했던 대량의 혈도들을 천천히 풀어나갔다.

가장 나중에는 머리 뒤쪽의 혈도를 풀었는데, 그 순간 대량의 눈빛이 한차례 번쩍였다가 이내 다시 침잠했다.

그러나 그 순간의 변화를 눈치챈 사람은 그리 많지 않았다.

그렇게 혈도까지 푼 나왕이 나머지 손까지 대량에게서 뗀 후, 길게 한숨을 내쉬며 대량에게서 삼 장 정도 뒤로 물러나 적월에게 손짓을 했다. 적월 역시 뒤로 물러나라는 뜻이다.

나왕의 신호에 따라 적월도 대량에게서 멀어졌다.

그리고 그즈음 사송이 두 사람의 곁에 다가섰다.

"어찌 되었소이까?"

사송이 긴장한 표정으로 물었다.

"일단 내부에 들끓던 기운은 진정시켰소. 하지만 그가 어떤 상태로 정신을 차릴지는 모르겠소. 내가 뇌로 이어지는 혈도를 점혈했을 때는 이미 강한 충격을 뇌에 받은 후라……."

나왕이 자신 없는 표정으로 말했다.

"목숨이라도 건진 것이 어디요. 부디 광인으로 깨어나지 않기를 바랄 뿐……."

말을 하면서 사송은 이미 그의 갈고리 기병을 양손에 들고 있었다. 여차하면 모두가 달려들어 대량을 제압해야 할 것이기 때문이다.

그때 대량의 입에서 다시 신음 소리가 흘러나왔다.

"끄으으… 끄으으!"

"왜 저러죠?"

오손이 걱정스러운 표정으로 물었다.

"내부에 아직 정리되지 않은 기운이 남아 있으니까. 하지만 이미 길을 찾았으니 곧 정리될 것이다."

나왕이 차분하게 대답했다.

그의 말대로 대량의 신음 소리는 점점 강도가 낮아졌다. 그리고 나중에는 깊은 호흡 소리만 들려왔다.

색색거리는 소리가 마치 잠을 자는 것 같다. 아니, 어쩌면 정말 잠이 들었을지도 모른다는 생각이 들었다. 이 정도면 고개를 돌려 적월 일행을 바라볼 만도 했기 때문이다.

그런데 대량은 고개를 푹 숙인 채 낮은 숨소리만 낼 뿐 어떤 행동도 하지 않았다.

그의 분신과도 같던 전신극도 이미 그의 손에서 떨어져 나가 아무짝에도 쓸모없는 쇠막대처럼 땅 위에 나뒹굴고 있었다. 오직 눈부신 전신극의 창날만이 이 창이 전신 치우의 창임을 말해

주고 있었다.

그런데 적월 일행을 더 당황시키는 일이 벌어졌다.

그르렁그르렁!

갑자기 대량에게서 코 고는 소리가 들렸다.

"야, 이거 뭐냐?"

사송이 어이없는 표정으로 중얼거렸다.

"설마 정말 자는 걸까요?"

오손도 믿기 힘들다는 듯 세 사람을 번갈아 보며 물었다.

그러나 누구도 오손의 질문에 대답할 수 없었다. 아무도 예상치 못한 대량의 모습이기 때문이었다.

"혹 수혈을 점혈하셨어요?"

적월이 나왕에게 물었다.

수혈이 점혈되었다면 깊은 잠에 빠졌을 수도 있었다.

하지만 나왕은 고개를 저었다.

"아니, 그런 일 없다."

"그렇다면 이게 대체……."

"참으로 괴이한 일이구나. 이런 지경에서 잠을 자다니."

어떤 경우라도 침착함을 잃지 않는 나왕도 지금은 당황한 모양이었다.

"정말 자는 거예요?"

오손이 다시 물었다.

"그런 것 같구나."

사송이 허탈한 표정으로 대답했다.

"세상에… 어떻게 이 지경에 잠을……."

오손이 이해할 수 없다는 듯 중얼거렸다.

"어쩌죠? 깨울까요?"

적월이 나왕에게 물었다.

그러자 나왕이 잠시 생각에 잠겼다가 고개를 저었다.

"아니다. 어쩌면 그에게는 정신이나 몸이나 잠시라도 쉴 시간이 필요했을지 모르지. 깨어날 때까지 기다리도록 하자. 우리도 좀 쉬고……."

나왕이 대량을 깨우는 것에 반대하자 적월 일행은 별수 없이 주변에 자리를 잡고 앉아 긴 추격에 지친 몸을 쉬기 시작했다.

제7장

환골탈태… 인가?

드르렁드르렁!

눈 덮인 봉우리 위에 코 고는 소리가 요란하다.

이상한 일이었다. 언제부터인가 그 코 고는 소리가 사람들의
마음을 편안하게 해줬다.

그래서 코를 골며 자고 있는 대량이 지난 며칠 사이 수백 명
을 죽인 살인자라는 것이 믿기지 않을 정도였다. 코를 고는 뒷모
습만 봐서는 그는 순박한 산골 사내 같았다.

덕분에 십이천문의 사람들도 언제부턴가 편안하게 휴식을 취
하고 있었다.

불사 나왕과 적월은 대량을 상대하느라 소모한 진기를 보충
하기 위해 운기에 들어갔고, 사송은 심심한 표정으로 가끔 코를
파며 바위 위에 흐트러진 자세로 앉아 있었다.

오직 오손만이 청안족 특유의 예민함과 생존에 대한 본능적인 자기 보호 본능으로 수시로 사방을 살필 뿐이었다. 물론 그럼에도 불구하고 오손 역시 어느 정도 마음을 놓고 있는 것은 다른 사람과 같았다.

"뭘 그렇게 살펴보냐?"

사송이 심심했는지 간간히 설봉 주변을 살피는 오손에게 말을 걸었다.

"혹시라도 누가 올까 하고요."

오손이 대꾸했다.

"이 높은 산봉우리에 누가 온다고 그래."

사송이 별 걱정을 다한다는 듯 말했다.

"그래도 혹시 모르죠. 그… 노인도 있잖아요. 오다가 사라졌다는……."

"음. 제길, 그렇긴 하군."

사송이 욕설이 섞인 대답을 했다. 물론 오손에게 화를 내는 것은 아니었다. 잠시 잊고 있었던 대량을 쫓던 노인, 어쩌면 학사검 종선일지도 모르는 노인이 생각나자 마음이 불편해진 것이다.

"어디선가 보고 있을까요?"

오손이 다시 설봉 주변을 살피며 말했다.

"글쎄, 그럴지도 모르지."

사송이 짐짓 심드렁한 말투로 대답했다.

"만약… 그분이 정말 그분이라면 어쩌실 거예요?"

오손처럼 천부적으로 눈치가 빠른 사람은 십이천문의 고수들과 함께 여행을 하면서 보고 들은 것만으로도 이미 사송이 찾으려는 사람이 누군지 알아채고 있었다.

"뭘 어째? 만나면 만나는 거지."

"……."

사송의 퉁명스러운 대답에 오손이 다시 사송을 바라봤다. 그 대답으로는 부족하지 않냐는 듯한 표정이다.

그러자 이번에는 사송이 정말 화를 냈다.

"이놈아, 무슨 대답을 기대하는 거냐? 설마 내가 싸움이라도 걸 줄 알았냐?"

"모르죠. 어떤 사연인지에 따라서는……."

"그럴 일 없다. 만약 대형이 살아 계시다면… 분명 그동안 나타나지 않은 이유가 있을 테니까."

"여전히 그분을 믿는군요."

"그럼 세상에 누굴 믿을까. 대형은… 에이, 그만하자!"

사송이 더 이상 학사검 종선에 대해 말하기 싫다는 듯 손을 저으며 입을 닫았다.

그런데 두 사람은 학사검 종선에 대해 이야기를 하는 바람에 장내에 중요한 변화가 생겼다는 것을 눈치채지 못했다.

어느 순간부터 대량의 코 고는 소리가 사라졌던 것이다.

그뿐 아니었다. 대량이 어느새 고개를 돌려 두 사람을 보고 있었다. 그리고 여전히 자신에게 관심을 보이지 않는 두 사람에게 어눌한 목소리로 물었다.

"물 좀 줘요."

적월과 나왕도 급히 운기를 멈췄다. 그리고 본능적으로 병기에 손을 가져가며 훌쩍 뒤로 물러났다.

사송과 오손도 자리를 박차고 일어났다.

그렇게 네 사람이 동시에 움직여 대량에게서 일정한 거리를 두고 물러난 후에야 사람들은 대량을 자세히 볼 수 있었다.

"물 좀 달라니까요."

대량이 어눌하지만 고집스러운 아이같이 화난 목소리로 말했다.

"야… 이건 또 뭐냐?"

사송이 당황한 표정으로 중얼거렸다.

대량은 변해 있었다.

옷이 그대로여서, 혹은 헝클어진 머리카락이 그대로여서… 아니, 머리카락도 변해 있었다. 조금 더 검고, 어깨 위로 머리에서 빠진 머리카락이 수북했다.

단지 그의 옷차림이 그대로이니 처음에는 그 변화를 느끼지 못했지만, 그가 자신의 얼굴을 드러내 보이고 입으로 말을 하자 그 변화는 도저히 숨길 수 없을 만큼 명백하게 나타났다.

"완전히 다른 사람이에요."

오손도 경악스러운 표정으로 중얼거렸다.

그사이 적월은 얼른 허리춤에 차고 있던 물주머니를 끌러내 대량에게 던졌다.

턱!

대량은 앉은 채로 날아오는 물주머니를 낚아챘다.

어찌 보면 그냥 받은 것이 아니라 허공에 뜬 물주머니를 자신 쪽으로 끌어들인 것처럼 보였다.

만약 그게 사실이라면 대량의 무공은 여전하다는 의미다. 아니, 어쩌면 더 강해졌을 수도 있었다.

그러나 무공에 대한 것은 지금 사람들의 관심 밖이었다. 대량은 더 이상 어제의 대량이 아니라고 할 만큼 외모와 말투가 전혀 다른 사람으로 변해 있었다.

가장 많이 변한 것은 얼굴이었다. 얼굴의 골격이 틀어진 듯 조금 우둔해 보이는 얼굴로 변해 있었다. 반면 눈은 한결 맑아 보였는데 아이 같은 천진함이 있었다.

그리고 자세히 보면 몸의 골격 역시 조금은 변해 있었다. 키가 조금 준 듯 보였다. 입고 있던 옷이 헐렁하게 보이는 게 그것을 증명했다.

그리고 무엇보다 가장 많이 변한 것은 그의 말투였다.

전신극을 들고 있을 때 그는 천하인들을 발아래 둔 존재처럼 행동했다. 오만했고, 무례했으며, 패도적인 말투를 가지고 있던 그였다.

그런데 지금은 물을 달라고 말하는 말투가 어눌하기 이를 데 없었다.

대체 이런 변화가 어떻게 일어난 것인지 도저히 이해할 수 없는 일이었다. 그래서 결국 누군가는 묻지 않을 수 없었다.

"괜찮소?"

입을 열어 대량에게 말을 건 사람은 사송이었다.

그러나 대량은 사송의 물음에 대답을 하는 대신 적월이 건네준 물주머니의 마개를 열고 술을 마시듯 꿀꺽꿀꺽 물을 마셔댔다. 그의 물 마시기는 물주머니가 완전히 비워질 때까지 계속됐다.

대량은 물주머니를 거꾸로 들어 마지막 한 방울의 물까지 마셔댄 후 입을 쩝쩝거리며 적월에게 물었다.

"배고파. 먹을 것 좀 줘요."

"괜찮소?"

적월이 사송이 한 질문을 다시 했다.

그러자 대량이 고개를 저으며 대답했다.

"안 괜찮아. 배가 고파요."

"야… 정말 이건 뭐냐?"

사송이 다시 황당한 표정으로 중얼거렸다.

그때 불사 나왕이 대량에게 물었다.

"네 이름이 뭐냐?"

그러자 대량이 불사 나왕의 차가운 표정과 말투에 겁을 집어먹은 표정을 짓더니 주눅 든 얼굴로 되물었다.

"이름?"

"그래, 네 이름이 뭐냐?"

"나… 나는… 나는… 내 이름이 뭐지? 어… 내 이름이 뭐지?"

대량이 갑자기 어리둥절한 표정을 짓더니 당황한 표정으로 중얼거렸다.

"기억이 나지 않느냐?"

나왕이 다시 물었다.

"내 이름이 뭐죠?"

오히려 대량이 나왕에게 물었다.

그의 반응에 모두 황당한 표정을 지었다. 대량은 외모와 말투만 변한 게 아니었다. 그는 기억도 잃었다. 더군다나 지능 역시 십여 세 혹은 그 이하의 어린애 수준으로 변해 버린 것 같았다.

"대체 무슨 일이 있었던 건가?"

천하에 다시없을 살업을 쌓은 사람이, 한순간에 기억을 잃고 어린애로 변해 버린 모습을 보며 사송이 혀를 찼다. 인간적으로 동정받을 인물이 아닌데도 불구하고 이상하게 동정심이 일어났다.

"넌……."

나왕이 대량의 이름을 말해주려다 말고 입을 닫았다. 그러고는 대량에게 물었다.

"어디서 왔는지, 네가 누군지, 네 이름이 뭔지 전혀 기억을 하지 못하는 것이냐? 혹 네 기억 속에 뭔가 남아 있는 것이 있느냐?"

세상에서 가장 못생긴 추남이라지만 나왕의 말은 언제나 상대로 하여금 두려움을 느끼게 만드는 힘을 가지고 있었다.

당연히 어린애같이 변한 대량으로선 나왕이 두려웠다.

"모… 몰라요. 아무것도 모르겠어요. 내가 누군지 아세요?"

오히려 대량이 다시 물었다.

"이 물건을 어쩌면 좋겠소?"

나왕이 사송에게 물었다.

그러자 사송이 잠시 생각에 잠겼다가 대량에게 물었다.

"너 혹시 학사검이라거나 혹은 종선이란 이름이 기억나느냐?"

"학… 사검… 종선… 학사검… 종… 선……."

대량이 학사검 종선이란 말을 열심히 되뇌었다. 마치 반드시 풀어야 하는 문제를 받은 아이처럼 얼굴까지 일그러지고 있었다.

그러나 결국 그는 아무것도 생각해 내지 못했다.

"모르겠어요. 그런 이름은 생각나지 않아요."

대량이 고개를 저었다.

그러자 사송이 길게 한숨을 내쉬었다.

"후우… 천산까지 온 보람이 없구나. 헛걸음했네."

어쩌면 학사검 종선이라는 이름을 대량에게서 안 듣는 것이 좋을 수도 있었다. 그러나 그것이 부정이 아니라 기억을 하지 못하는 것이라면 오히려 답답함이 가중되는 상황이다.

"어쩌면 좋겠소?"

나왕이 다시 물었다.

그러자 사송이 되물었다.

"불사께서는 어찌 생각하시는지……?"

"글쎄올시다. 놓아두고 가는 것은 아무래도……."

어제까지는 천하에 다시없을 마인이었지만, 물론 지금도 힘은 그대로일 수 있지만, 십여 세의 지능에 불과한 대량을 천산 봉우리에 놓아두고 가면 향후 그가 어떤 일을 벌일지 알 수 없었다.

그런데 그때 적월이 두 사람의 대화에 끼어들었다.

"데리고 가지요."

"그게 좋겠느냐?"

나왕이 물었다.

"그에게서 학사검 백부님에 대한 대답은 들을 수 없겠지만 만약… 그분이 저 사람을 길러낸 것이라면 분명 그를 찾으러 오실 겁니다."

"아! 그렇구나. 정말 그래."

적월의 말을 듣고 있던 사송이 탄성을 흘렸다.

"가능성은 많지만 포기할 수도 있다. 자신의 정체를 숨기기 위해서라면."

나왕이 반대의 의견을 말했다.

"목적을 위해 키워낸 사람이에요. 저런 무인을… 또 전신극을 포기할까요?"

적월이 나왕에게 되물었다.

"음… 글쎄다. 그렇다고 해도 난 반반의 가능성밖에는 쳐줄 수 없구나."

"반의 가능성이라면 시도해 볼 만한 일 아니오?"

사송은 대량을 데려가자는 적월의 제안에 동의하는 듯 보였다. 당연히 대량을 키운 자가 누구든 그를 유인할 수 있는 좋은 미끼기 때문이었다.

"어제까지 저자가 어떤 일을 벌였는지 잊으셨소? 저자를 데리고 강호로 나가는 순간 십이천문까지 강호공적이 될 것이오."

생각해 보면 지난 며칠간 벌어진 천산혈사의 주인공 대량을 데리고 다니는 것은 극히 위험한 일이었다.

그러나 지금은 상황이 조금 달랐다.

"그의 얼굴이 변했어요. 어제와는 전혀 다른 사람이지요. 말투도 변했고, 골격조차 변해 옷도 맞지 않아요. 그를 씻기고 새 옷을 입히면 아무도 그를 천산혈사의 주인공이라고 생각하지 않을 거예요. 전신극은… 일단 적당한 곳에 숨겨두죠."

"맞소이다. 소요의 말대로 하면 저 친구를 데리고 다니는 데 아무런 문제가 없을 것이오. 누가 믿을 수 있겠소. 하루아침에 사람이 저렇게 변할 수 있을 거라고."

사송이 적월의 말을 거들었다.

그러자 나왕이 잠시 생각에 잠겼다가 입을 열었다.

"그 문제 말고도 또 다른 문제도 있소."

"또 다른 걱정이라니 무엇을 말씀하시는 건지……?"

사송이 물었다.

"그가 누구든, 정말 학사검일지라도 저 친구를 세상에 내놓은 방식은 참으로 끔찍한 것이었소. 무림 역사에 기록될 만한 살인마로 세상에 내보냈으니 말이오. 그런 독심을 품은 사람들이 저자를 데리고 있는 우리라고 평범한 방식으로 대하겠소?"

"음……."

나왕의 지적에 사송이 침음성을 흘렸다. 자신의 대형인 학사검 종선은 그런 사람이 아니라고 말할 뻔했으나, 생각해 보니 그걸 주장할 근거가 없었다.

더군다나 이미 대량의 행보로 그의 뒤에 있는 자들이 결코 선인(善人)이 아니라는 것은 증명된 것이나 마찬가지였다.

"그 위험을 감수할 것인가를 결정해야 하오."

사송이 대답을 미루자 나왕이 다시 말했다.

그러자 사송 대신 적월이 대답했다.

"어차피 감수해야 할 일이지요."

"그렇게 생각하느냐? 저자를 데려가지 않으면 회피할 수도 있는 위험이 아니냐?"

적월의 말에 나왕이 반문했다.

그러자 적월이 고개를 저었다.

"우린 이미 신화밀교와 원한을 맺고 있어요. 그들의 분타 하나를 궤멸시켰고요."

"음… 후우, 그렇구나. 이자의 뒤에 있는 자들이 신화밀교와 연관이 있다면 결국 싸울 상대인 거구나. 그렇다면 망설일 이유는 없군. 알겠다. 데려가자."

일단 결심을 하고 나면 망설임이 없는 나왕이다.

나왕이 시원시원하게 대량을 데려갈 것을 결정했다.

"그런데 정작 그가 따라간다고 할까요?"

오손이 물었다.

오손은 비록 대량이 어린애의 지능을 가진 사람으로 변했다고 해도 여전히 그가 두려웠다. 어제까지 수백의 사람을 도륙하던 장면이 뇌리에서 사라질 것 같지도 않았다.

"당연히 따라갈 거다."

나왕이 대답했다.

"왜 그렇게 생각하세요?"

오손이 너무 확신에 찬 대답을 하는 나왕을 의아한 눈으로 바라보며 물었다.

그러자 나왕이 차분하게 말을 이었다.

"지금 저자의 상태는 마치 알에서 갓 깨어난 새끼 새 같다. 새끼 새는 알에서 깨어난 후 처음 만나는 존재를 자신의 보호자로 생각하지. 아마… 우리가 자신을 내버려 두고 가려 해도 우릴 따라올 거다."

"정말… 그럴까요?"

오손이 믿기 힘들다는 듯 물었다.

그러자 나왕어 퉁명스레 대답했다.

"시험해 보면 알 것 아니냐? 모두 산을 내려갑시다."

나왕이 그 말을 하고는 훌쩍 바위에서 날아내려 설산 봉우리를 떠나기 시작했다.

나왕의 예상은 정확하게 적중했다.

나왕의 갑작스러운 하산에 어리둥절하던 일행이 나왕을 따라 설산 봉우리를 떠나자, 대량이 화들짝 놀라 바위에서 일어나더니 십이천문 사람들의 뒤를 따라오기 시작했던 것이다.

"허 참, 정말 그러네. 따라오잖아?"

사송이 슬쩍 뒤를 돌아보며 말했다.

어느새 주워 들은 전신극을 들고, 놓칠세라 부모를 따라가는 아이처럼 대량이 큰 발을 부지런히 움직이고 있었다.

비록 말투는 엉성하지만 몸은 그가 수십 년간 수련한 무공을 그대로 기억하고 있어서 십이천문의 고수들을 따라오는 것이 어려운 일도 아니었다.

그렇게 한동안 천산을 뒤흔들었던 공포의 주인공 대량이 십이천문의 일행이 되어 설산 봉우리를 내려갔다.

그러자 잠시 후, 사람들이 떠난 봉우리 위에 대량에게 신마혈단을 주고 그를 죽이기 위해 추격했던 초로의 노인이 모습을 드러냈다.

"길흉화복은 오직 하늘의 뜻에 달렸다는 말이 정말이구나. 대량… 저 아이에게 오늘 일어난 일은 흉보다는 길한 일이다. 평생을 살인마로 살아가는 것은 불행한 일이니까. 다만… 나로서는 아쉽군. 저 상태라면 완벽하게 이지를 제압해 특별한 도구로 쓸 수 있었을 텐데. 그렇다고 저들로부터 대량을 빼오려면 내 정체를 드러내야 할 것이고. 어쩐다?"

노인이 고개를 갸웃했다.

그러다가 천천히 고개를 저으며 중얼거렸다.

"후후, 어리석은 고민을 하고 있었군. 대량을 데려오고 안 데려오고는 오직 그 양반의 마음에 달린 것인데. 후… 또 잔소리를 들으려나?"

초로의 노인이 고개를 갸웃하고는 한순간에 설봉 위에서 사라졌다.

설봉의 가파른 비탈은 한동안 계속됐다. 오를 때는 정신없이 대량을 추격하느라 몰랐는데 내려가려 하니 정말 위험한 산이었다.

곳곳에 끝 모를 절벽이 위태롭게 서 있었고, 그 절벽 아래로 수백 척의 계곡이 펼쳐졌다. 그리고 그 계곡으로부터 거친 바람이 불어 올라왔다.

그보다 더 위험한 것은 시간이었다. 어느새 사방에 어둠이 깔리기 시작했다.

절벽이 만들어내는 무저갱 같은 계곡이 가득한 설산에서 밤에 이동하는 것은 아무리 고수라 해도 위험한 일이다.

그래서 일행은 위태롭게 서 있는 바위 사이, 눈이 침범하지 못한 마른 땅을 골라 하룻밤 노숙하기로 결정했다.

노숙 준비는 따로 할 것도 없었다. 찬바람은 바위가 막아주었고, 오래된 마른 통나무 몇 개를 구해와 불을 살려놓고 보니 그런대로 아늑한 공간이 마련되었다.

"요기를 해야 할 터인데……"

몸이 따뜻해지자 사송이 중얼거렸다.

그러자 오손이 등에 메고 있던 바랑에서 주섬주섬 마른 육포와 작은 자루에 들어 있는 건량을 꺼냈다.

"이거면 될 거예요."

"어, 어느새 그런 것도 준비했었느냐?"

본래 일행은 먹을 것을 말에 싣고 다녔다.

그러니 당연히 누구든 수중에 먹을 것이 없을 거라고 생각했던 사송이었다.

"우리 청안족이 생존에 특별한 능력을 지닌 것은 아시죠?"

"물론."

사송이 고개를 끄떡였다.

"그게 태생적으로 타고나는 능력도 있지만, 어려서부터 배운 것들도 중요해요. 그중 가장 먼저 배우는 게 바로 집 밖으로 나갈 때는 언제라도 수중에 열흘 정도 버틸 물과 식량을 가지고 있으라는 것이죠. 특히 사막이나 초원, 혹은 이런 설산을 여행할 때는 더더욱이요."

"음, 아주 적절한 가르침이군. 아무튼 덕분에 배는 곯지 않겠구나."

"내일 산 아래로 내려갔을 때 말들이 제대로 있기를 바라야죠."

오손이 말했다.

"누가 훔쳐갔을까?"

"천산에서 주인 없는 말은 큰 횡재죠. 더군다나 이런저런 물건들이 실려 있는데……."

오손이 아쉬운 듯 말했다.

말에 실려 있는 물건들은 이런 오지의 산속에서 생존하기 위해 반드시 필요한 것들이기 때문이었다.

"없으면 없는 대로… 여기 일도 대충 끝났으니 가장 가까운 마을로 가자. 그때까지야 굶어 죽겠느냐?"

나왕이 차분하게 말했다.

"하긴 그러네요."

오손이 고개를 끄떡였다.

그런데 그때 대량이 오손의 손에 들린 식량들을 보며 말했다.

"나 배고파."

대량의 갑작스러운 말에 오손이 손에 든 식량들을 보며 중얼거렸다.

"표정으로 봐선 이걸 전부 줘도 모자랄 것 같은데……."

"우리야 허기만 달래면 되니 약간 남기고 모두 주거라."

나왕이 말했다.

그러자 오손이 고개를 끄떡였다.

"알았어요. 뭐 내일 산 아래로 내려가면 사냥도 할 수 있으니까. 자요, 먹어요."

오손이 대량에게 다가가 들고 있던 식량의 대부분을 건넸다.

그러자 대량의 얼굴에 함박웃음이 퍼졌다. 정말 어린애가 맛난 음식을 받아 든 것처럼 대량이 오손에게 받은 육포와 건량들을 입에 쑤셔 넣기 시작했다.

"커컥!"

너무 한꺼번에 음식을 입에 밀어 넣다 목이 멘 대량이 헛기침을 해댔다.

"천천히 먹어요. 다 당신 거니까."

오손이 갑자기 어린애로 변해 버린 대량을 불쌍한 듯 바라보며 물주머니를 건넸다.

대량이 계속 헛기침을 해대며 급하게 물을 마셨다.

"꺼어억!"

물을 마신 대량이 크게 트림을 하고는 다시 음식들을 씹기 시작했다.

"후우……."

허겁지겁 음식을 먹고 있는 대량을 보며 사송이 길게 한숨을 내쉬었다.

"왜요?"

우울한 듯한 사송의 표정을 보고 적월이 물었다.

"사람 운명이란 참 알 수가 없어서. 사람이 하루아침에 저렇게 변할 수 있나."

"그러게요. 솔직히 저도 잘 믿기지 않아요."

적월 역시 대량의 변화를 쉽게 받아들이기 어려웠다. 그러나

어쨌든 변한 것은 변한 것이다. 어제의 대량이 아닌 오늘의 대량
으로서 그를 받아들여야만 하는 일행이었다.

"일단 전신극부터 처리합시다. 전신극을 들고 산 아래로 내려
갈 수는 없으니까."

곁에서 나왕이 차분하게 말했다.

"어쩌면 좋겠소이까?"

생각해 보면 참으로 난감한 문제였다.

작은 물건이라면 품속에 숨기기라도 할 텐데 전신극은 보통의
창보다도 약간 긴 편이었다.

더군다나 창날의 눈부심은 천으로 감지 않으면 숨길 수 없었
다. 도저히 사람들에게 들키지 않고 지닐 수 없는 물건이었다.

"어쩔 수 없는 일 아니겠소. 이곳에 숨겨두고 가야지."

나왕이 대답했다.

"후우… 저런 물건을 이런 곳에 버려두고 가야 한다니……."

사송이 아쉬운 표정을 지으며 말했다. 누구라도 욕심내지 않
을 수 없는 물건인 것이다.

"그런데 순순히 내줄까요?"

적월은 오히려 대량이 전신극을 내어줄지가 걱정되었다.

"어린애가 뭘 알겠느냐? 내주지 않으면 어린애가 아닌 것이
지."

나왕이 말을 하고는 훌쩍 자리에서 일어나 대량에게 다가갔
다.

그러고는 대량에게 자신이 들고 있던 육포를 내밀며 말했다.

"이걸 줄 테니 그 무거운 쇳덩이는 내게 주거라."

나왕의 손에 들린 육포를 본 대량이 혀를 내밀어 입술을 적셨다.

사실 오손이 가지고 있던 음식 중 육포는 그리 많지 않았다. 그래서 대량에게 건넨 육포도 무척 적은 양이었다.

그러나 맛은 다른 건량들에 비해 훨씬 좋아서 대량은 나왕이 내민 육포에 욕심이 나지 않을 수 없었다.

"줘요."

대량이 낚아채듯 나왕의 손에서 육포를 빼앗았다. 천하십대고수의 손에서 육포를 빼앗는 대량의 손놀림은 경악할 만큼 빨랐다. 무공은 오히려 그가 변하기 전보다 더 강해진 듯 보였다.

그런 대량의 손놀림에 침착하던 나왕조차도 잠시 놀란 표정을 지었다. 하지만 그는 이내 정신을 차리고 대량의 옆에 놓인 전신극을 집어 들며 말했다.

"이건 아저씨가 가져도 되겠지?"

"가져요. 무거워서 버리려고 했어요."

대량이 육포를 씹어대며 말했다. 전신극에는 전혀 관심이 없는 것 같았다.

그런 대량을 잠시 바라보던 나왕이 전신극을 들고 천천히 본래 자신이 있던 곳으로 돌아왔다. 그러고는 전신극을 한쪽에 밀어두고 털썩 자리에 주저앉았다.

"참… 이렇게 쉬운 걸."

사송이 허탈한 표정으로 중얼거렸다.

육포 한 조각. 대량의 손에서 전신극을 받아내기 위해 건넨 것은 오직 육포 한 조각이었다.

그런 전신극을 얻기 위해 지난 며칠간 천산 자락에 흘린 피가 얼마던가. 그런 생각을 하면 허탈하기 이를 데 없는 일이었다.

"어디에 숨기죠?"

적월이 나왕에게 물었다.

그러자 나왕이 잠시 생각에 잠겼다가 사송에게 말했다.

"자왕께 부탁이 있소이다."

"뭐든 말씀하시지요."

나왕의 부탁이라면 들어주지 못할 것이 없는 사송이다.

"죄송하지만 이곳으로부터 반경 이삼 리 정도의 주변을 살펴 주실 수 있겠소이까?"

"그 말씀은……?"

사송이 되물었다.

"혹시라도 누군가 보는 눈이 있을까 걱정이 돼서 그렇소이다. 자왕께서 주변을 살펴주시면 난 그동안 절벽의 중턱쯤에 이 물 건을 숨겨놓겠소."

나왕이 전신극을 툭 치며 말했다.

"음… 지금으로선 그게 제일 좋은 방법이겠소이다. 좋소이다. 그럼 지금 즉시 시작하지요."

사송이 고개를 끄떡이고는 훌쩍 자리에서 일어나 노숙지를 벗어났다.

"하여간 성정이 너무 급하셔. 먹던 거나 마저 먹고 일어나시지."

적월이 혀를 찼다.

"이 물건이 그만큼 중요한 것이니까."

나왕이 전신극을 들어 보이며 말했다.

"지금 가시게요?"

"음, 조금이라도 빨리 이 물건을 처리하고 싶구나."

나왕이 창날을 천으로 말아놓은 전신극을 보며 말했다.

"정말 세상에 안 좋은 물건일까요?"

"그렇다."

나왕이 단호하게 말했다.

그러자 곁에서 듣고 있던 오손이 반문했다.

"하지만 좋은 사람 손에 들어가면 세상을 위해 좋게 쓰일 수 있잖아요?"

오손의 말에 나왕이 오손에게 되물었다.

"넌 세상에 좋은 사람이 많다고 생각하느냐? 나쁜 사람이 많다고 생각하느냐?"

"그거야······."

"인간은 욕심이란 놈에게서 자유로울 수 없는 존재다. 이 물건을 손에 넣었을 때 세상을 위해 선한 일에 쓸 사람은 극소수야. 보통의 인간들은 자신의 욕망을 실현하기 위해 살인 도구로 쓰게 될 것이다. 다시 말해 이 물건은 인간이 통제하기 어려운 물건이란 뜻이다. 그러니 없는 게 낫다. 무공에도 비인부전이란 말이 있지 않느냐? 다녀오마."

나왕이 자신이 할 말만 하고는 훌쩍 자리에서 날아올랐다. 그 직후에 그와 그가 들고 있는 전신극이 순식간에 적월과 오손의 눈앞에서 사라졌다.

그러자 오손이 적월에게 물었다.

"비인부전이 뭐예요?"

"그 말을 몰라?"

"무슨 말인데요?"

"성정이 바르지 못한 사람에게는 재주를 전하지 않는다는 뜻이다. 그 재주가 옳지 않은 일에 쓰일 수도 있으니까."

"에이, 마음에 들지 않는 말이네요. 결국 사람을 믿지 못한다는 말 아니에요?"

"그런 셈이지."

"비록 현실이 그래도 전 사람을 믿으며 살래요."

"후후, 아우는 그게 장점이야. 녹록지 않은 과거를 가지고 있으면서도 밝거든."

"제가 그래 보여요?"

오손이 되물었다.

"응, 내가 잘못 본 건가?"

적월이 고개를 갸웃했다.

그가 보는 오손은 청안족이 비극에도 불구하고 무척 밝은 성정을 가지고 있었기 때문이다.

"사람들을 만나서 일을 할 때는 우울할 수 없는 거죠."

"그런 거였구나."

오손의 말에 적월이 고개를 끄떡였다.

생각해 보면 오손에게 십이천문의 사람들은 자신을 고용한 사람들이었다. 그런 사람들과 일을 하면서 얼굴을 찌푸리고 있을 수는 없었을 것이다.

"하지만 뭐… 꼭 그래서만은 아니에요. 솔직히 말해 십이천문과 일하면서 내내 즐거웠던 것은 사실이에요."

"그래?"

적월이 반가운 표정으로 다시 물었다.

"예. 그래서 형님을 따라 중원으로 갈 생각까지 한 거예요. 십이천문은… 의지할 만한 문파인 것 같아요. 사실 지금까지 전 생존에 대해 본능적인 두려움이 있었거든요. 그런데 불사 대협이나 자왕 아저씨, 그리고 형님 곁에 있으면 그런 걱정이 사라져요. 워낙 강한 분들이니까."

"음… 그런 면은 있지. 나도 사실 사부님과 숙부님과 함께 있으면 크게 의지가 되니까."

"그래서 같이 가고 싶은데… 불사 대협께서는 그게 탐탁지 않으신가 보죠?"

"그걸… 눈치챘어?"

적월이 미안한 얼굴로 물었다.

"그럼요. 제가 누구예요. 청안족이에요. 청안족의 생존력은 빠른 눈치에서 시작되죠."

"하긴 자신에 대한 상대의 마음을 빨리 알아채는 것이 생존의 기본이기는 하지."

적월이 고개를 끄떡였다.

"그래서요. 왜 불사께서는 제가 싫으시대요?"

"사부께서 널 싫어하시는 건 아니야."

적월이 고개를 저었다.

"그럼 왜 제가 십이천문을 따라가는 걸 탐탁지 않아 하시는 거죠?"

"…혹여라도 네가 무림에 대한 복수심을 드러낼까 그걸 걱정하시더구나."

적월이 솔직하게 나왕의 걱정을 말해줬다.

나왕은 십이천문이 혈월야 이외 다른 강호의 은원에 휘말리는 것을 원치 않았다.

그런데 오손의 청안족은 혈월야 못지않은 과거사가 있었다. 그 은원이 십이천문을 위험하게 할 수도 있다고 생각하는 나왕이었다.

"복수라……."

오손이 적월의 말을 듣고는 부인을 하는 대신 밤하늘을 보며 나직하게 뇌까렸다.

조심스러운 눈으로 그런 오손을 보던 적월은 문득 이상한 기분이 들었다.

'뭐가 이렇게 예쁘지?'

옆에서 본 오손의 얼굴과 눈이 적월의 눈에 갑자기 아름다워 보였다. 그 느낌이 적월을 당황하게 만들었다.

'사내놈의 얼굴이…….'

적월이 당황한 자신이 마음을 급히 지워 버리며 오손과 같은 방향의 하늘을 바라봤다.

"복수는 없을 거예요."

적월의 마음을 아는지 모르는지 오손이 말했다.

"그럴 마음이 없어?"

"복수의 상대가 없잖아요."

"십육마문의 후예들이 나타났어. 청안족에게는 직접적인 복수의 대상일 수 있지. 무림맹 역시 방관자로서 청안족의 멸망을 지켜봤으니 그 역시……."

"그렇게 따지면 전 천하를 상대로 복수를 해야 해요."

"그야 그렇지만……."

적월이 얼버무렸다. 십육마문의 후예들과 무림맹이라면 정말 무림 전체나 마찬가지였다. 그들을 상대로 복수를 꿈꾸는 것은 불가능한 일에 도전하는 것이었다.

"복수의 상대를 좁힌다고 해도 십육마문인데… 당시 청안족 공격에 참여했던 자들은 추후 무림맹과의 싸움에서 거의 죽었지요. 몇몇 살아남은 자들이 있을 테지만 그들이 누군지 알 수도 없고……."

"그렇구나. 생각해 보면 복수의 대상을 찾는 것 자체가 불가능한 일이겠구나."

적월이 위로하듯 말했다.

"그래서 불가능한 일에 얽매여 평생 우울하게 살아가느니 복수를 포기하고 즐겁게 살아가려고 노력하는 거예요. 그게 낫지 않겠어요?"

오손이 고개를 돌려 적월을 보며 물었다.

"그래, 네 말이 맞는 것 같다. 가만히 보면 나이는 내가 두어 살 많지만 현명하기로는 네가 나보다 훨씬 앞서는 것 같아. 넌 참 똑똑한 아이야."

"하하하, 형님, 저도 스물이 넘었어요. 아이는 아니죠."

오손이 맑은 웃음을 터뜨렸다.

그 모습에 적월은 다시 한번 가슴이 뛰는 것을 느꼈다.

'오늘따라 왜 이런 거지?'

적월이 화들짝 놀라며 고개를 돌려 다시 밤하늘을 바라봤다.

그런 적월을 잠시 바라보던 오손이 적월에게 물었다.

"형님은 어떠세요?"

"내가 뭘?"

"그… 혈월야 있잖아요? 그거 복수할 거예요?"

"글쎄……."

"설마 망설이시는 거예요?"

"흉수가 명확해지면 복수를 해야겠지. 하지만… 명확하지 않은 적을 찾느라 평생을 그 일에만 매달릴 생각은 없다. 물론 중요한 일이지만 그래도 사람마다 각자의 삶이 있는 것이니까. 너무 그 일에 매달리면 내 자신을 잃어버릴 수도 있을 것 같아."

"자왕 아저씨처럼요?"

"그렇게 보이든?"

"조금은요……."

"그나마 많이 좋아지신 거야. 날 만나기 전에는 오직 흉수만 찾아다녔다고 하시더라고. 사실 그런 절박함이 흉수를 찾는 일을 더 어렵게 했는지도 모르지."

적월의 말에 오손이 고개를 끄떡이다가 말했다.

"아무튼 불사 대협께 잘 말씀드려 주세요."

"우리와 함께 가는 것 말이냐?"

"예."

"그건 걱정할 필요 없다. 사실 사부님은 냉정해 보여도 정이 많은 분이야. 네가 따라가겠다면 마냥 반대하시지는 않을 거다."

"그래도 좋은 게 좋은 거라고……."

"후후, 사부님은 사실 널 마음에 들어 하셔."

"정말요?"

오손이 되물었다.

"그럼. 에이, 네 녀석 스스로 눈치가 빠르다면서 그걸 모르고 있었단 말이냐?"

적월의 말에 오손이 빙그레 미소를 지으며 밤하늘로 다시 시선을 주었다.

불사 나왕과 자왕 사송은 반시진 정도 노숙지를 떠났다가 돌아왔다.

그리고 그날 하룻밤을 천산 한 자락에서 지낸 일행은 다음 날 새벽이슬을 맞으며 하산을 시작했다.

제8장
초대

"어쩔 셈이신가?"

백발의 노인이 물었다.

그러자 대량의 사부인 초로의 노인이 되물었다.

"그걸 왜 제게 물으십니까?"

"허허, 자네 제자가 아닌가?"

"하지만 이 판은 어르신의 바둑판 아닙니까?"

"그래서 내 결정에 따르겠다고?"

"언제나 그렇듯이 제게는 선택권이 없지요."

초로의 노인이 무심하게 대답했다.

그러자 백발의 노인, 대량의 사부란 인물에게 밀천이라 불리는 노인이 되물었다.

"만약 자네에게 선택권을 준다면 어쩌겠는가?"

노인의 물음에 대량의 사부가 고개를 저었다.

"전 정말 제게 주어진 것이 아니면 대답하지 않겠습니다."

"후후, 속마음을 내놓지 않겠다는 뜻이군. 여전히 내가 자네를 이용할 것 같은가?"

"장담할 수 없는 일이지요. 혈월야를 생각하면……."

"하아… 그놈의 혈월야. 그것으로 인해 자넨 마치 나와 건널 수 없는 강을 건넌 사이처럼 구는군."

"극복하기 힘든 감정의 골은 있지요."

"음… 앞날이 걱정되는군."

"절 협박하시는군요."

대량의 사부가 불쾌한 표정으로 말했다.

그러자 밀천이라 불린 노인이 고개를 저었다.

"오해 말게. 자네를 협박하는 게 아니야. 내 걱정을 하는 거지."

"그건 무슨 말씀이십니까?"

"아마도 이번 일이 내가 판을 주도하는 마지막 일이 되겠지. 이번 일이 끝나면 밀천의 자리는 자네 것이 될 걸세. 그때, 과연 자네가 날 어찌 대할지 그게 걱정된다는 뜻이네. 자네 말대로 우리 사이에 감정의 골이 깊으니……."

"……."

백발노인의 말에 대량의 사부가 아무런 대답도 하지 않았다. 솔직히 말하자면 그 자신도 노인의 우려에 대한 답을 알지 못하는 듯했다.

"그런 의미에서… 그들을 당장은 그대로 놓아두겠네."

"십이천문을 말입니까?"

"대량 그 아이도."

"……."

"못마땅한가?"

"아닙니다. 그 아이가 할 일은 사실 다 끝났지요. 애초에 그 아이에게 천하를 쥐여줄 것도 아니었지 않습니까?"

대량의 사부가 덤덤하게 말했다.

"맞네. 처음부터 그 아이의 역할은 천산으로 정사양도의 고수들을 끌어들여 죽음의 바다를 만드는 것이었지. 그 바다로부터 무림의 대혼란이 다시 시작되어지는… 이후로도 죽음의 사자로서 무림을 종횡하다 적당한 순간에 죽어주는 것. 그게 그 아이의 역할이었지."

"절반의 쓸모는 다했다는 뜻이군요."

"맞네. 사실 이후의 일은 삼천의 힘으로 얼마든지 조절할 수 있을 거네. 당장… 천산 인근까지 은밀히 진격해 있는 무림맹 신응조와 서역에서 건너오고 있는 십육마문의 본대를 격돌시킬 수도 있고……."

"그야 알아서 하십시오. 그런데……."

대량의 사부가 말꼬리를 흐렸다.

"말해보게."

"만약 십이천문이 세 분의 바둑판에 떨어진 예상치 못한 돌이 되면 어쩌실 겁니까? 신화밀교 합비 분타의 일처럼……."

"음, 그때야 십이천문의 존재를 간과했을 때고, 이젠 그 존재와 힘을 알고 있으니 그에 맞춰 판을 짜면 그뿐이네. 사실 우리들에게는 예상치 않은 좋은 도구가 생긴 셈이지."

백발노인이 큰 문제가 아니라는 듯 말했다.

그러자 대량의 사부가 반문했다.

"하지만 그들은 워낙 특이한 사람들이어서 삼천께서 예상하는 대로 움직이지 않을 수도 있습니다. 과거… 십이지방처럼 말이지요. 그렇게 되면 또 한 번의 혈월야가 일어나는 겁니까?"

무심함 속에 한 가닥 한기를 머금은 말투다.

"글쎄, 그야 그때 가서……."

백발노인이 대답을 미뤘다.

"그럴 거면 차라리 지금 그들을 이 판에서 제외시키지요."

"죽이자고?"

"아닙니다. 그저 이 일에 관여치 못하게 잠시 억류해 두는 거지요. 한… 이삼 년쯤은 가능하지 않겠습니까?"

초로의 노인이 물었다.

그러자 밀천이란 백발노인이 대량의 사부를 지그시 바라보며 말했다.

"자넨 정말 그들을 아끼는군. 그들이 조금이라도 위험에 빠지는 것을 원치 않은 것을 보면."

"부인하지 않겠습니다. 배신은 한 번으로 족하지요."

"자네가 의도적으로 배신한 것은 아니지."

"하지만 막지 못했지요. 가능성을 알고 있으면서도… 다신 그런 일을 겪고 싶지 않습니다."

대량의 사부가 단호하게 말했다.

"음… 흥미로운 바둑돌이 사라지는 것이지만, 자네가 원한다면 허락하지. 그런데 그들을 어찌 억류할 것인가? 다른 사람은 몰라도 불사 나왕이 있네."

"그건 제가 알아서 하지요."

"…자넬 노출시킬 생각인가?"

"필요하다면 그래야겠지요."

"정말 위험한 시도군. 만약 일이 실패하면……."

"세상이 나에 대해 알게 되겠지요. 그래도 걱정 마십시오. 삼천에 대해선 모를 테니."

"흠, 그건 그래야 할 거야. 삼천의 비밀이 위협받으면 앞서 한 약속은 지킬 수 없네."

"명심하지요."

초로의 노인이 말했다.

"밀검들을 움직일 건가?"

"글쎄요. 천산에 나와 있는 신화밀교의 사신들을 써도 될까요?"

"음… 쓸 수야 있겠지만……."

"일단 그들을 좀 쓰겠습니다."

초로의 노인이 백발노인에게 허락을 구했다.

허락을 구하는 모양이지만 모습은 통보를 하는 것 같았다.

"후… 그러시게. 밀검들을 쓰면 좀 더 위험하니까. 어차피 신화밀교야……."

최악의 상황이면 버릴 생각이 있다는 말을 하지는 않았지만, 대량의 사부란 노인이 백발노인의 심사를 모를 리 없었다.

"그래서 더 부담 없이 쓰려는 겁니다."

"좋도록 하게. 하지만 천산에 나와 있는 사신들이라야 오십이 되지 않을 터인데?"

"족합니다."

"하긴… 학사검 자네라면……."

백발노인의 입에서 흘러나온 대량의 사부란 인물의 별호, 그 별호야말로 십이천문의 사람들이 그렇게 확인하고 싶어 하던 바로 그것이었다.

학사검 종선, 이십여 년 전 혈월야로 인한 십이지방의 멸문 당시 강변에 한 팔을 남겨두고 시신조차 찾지 못했던 그 학사검 종선이 버젓이 살아 있었던 것이다.

그것도 무림사에 남을 대살인마 전신극의 주인 대량의 사부로서…….

"가보겠습니다."

"조심하게."

"밀천께서는……?"

"일단… 신화밀교를 움직이려고."

"혼란입니까?"

학사검 종선이 백발노인에게 물었다.

"비록 이번에 무림맹 소속 문파들이 천산에서 크게 손해를 입었다고 해도 여전히 지난 세월 축적한 힘은 거대하지. 아직은 마도의 종자들이 상대하기에는 버거워. 그러니 그들에게 틈을 만들어주는 것으로 바둑판을 시작해야 할 걸세. 그러자면 역시 불쏘시개가 필요하지 않겠는가?"

"…정천과 마천께서도 동의하신 일입니까?"

"후후후, 말은 안 했지만 바라던 바일 걸세. 그들도 무척 심심했을 테니. 최대한… 혼란을 만들어주길 바랄 걸세. 아무튼 자네가 불사와 자왕을 한동안 잡아둘 수 있다면 신화밀교의 역할이 좀 더 커질 수도 있겠지. 애초에 목적한 대로……."

백발노인이 빙그레 미소를 지었다.

"알겠습니다. 그리하지요, 그럼!"

학사검 종선이 백발노인에게 고개를 숙여 보이고는 한순간에 그 자리에서 사라졌다.

그러자 백발노인이 즐거운 표정으로 천산의 웅장한 봉우리들을 바라보며 중얼거렸다.

"그래… 신이 아닌 이상 우리에게도 끝은 있는 거지. 이번이 마지막이야. 마지막으로 한번 신나게 놀아보자고! 그나저나… 정말 그 골치 아픈 것들을 살려줘야 하는 걸까?"

*   *   *

얼굴까지 가리던 머리를 머리 뒤로 묶었다. 며칠 씻지 않은 것 같던 얼굴도 차가운 개울물에 여러 번 씻어냈다.

그리고 운 좋게 여전히 천마루 앞 숲속에 남아 있던 말(馬)에 실린 짐 속에서 깨끗한 옷을 꺼내 입히자 대량은 전혀 다른 사람으로 변했다.

전신극을 들고 나와 수백의 무림인을 죽인 살인마라고는 도저히 믿을 수 없는 모습이다.

물론 학사검 종선이 복용시킨 신마혈단에 의해 환골이 일어나고 탈태의 모습까지 보였기에 그 외모가 이전과는 완전히 달라지긴 했으나, 그래도 사람이 이렇게까지 달라질 수 있을까 의문이 들 정도로 변해 버린 대량이었다.

"허어! 참으로 순박한 산골 총각의 모습이 아닌가. 보자… 나이도 훨씬 어려 보이는군."

자왕 사송이 변한 대량을 보며 믿을 수 없다는 듯 탄성을 자아냈다.

"그러게 말이에요. 완전히 다른 사람이에요."

오손이 맞장구를 쳤다.

"가만있자. 사람이 변했으면 이름도 바꿔야 하지 않을까?"

사송이 중얼거렸다.

"그건 그래요. 만약에 예전 이름 그대로 부르면 반드시 의심하는 사람들이 있을 거예요."

오손이 대답했다. 이럴 때 보면 평소에 투닥거리는 사이답지 않게 죽이 잘 맞는 두 사람이었다.

"보자. 어떤 이름이 좋을까?"

자왕 사송이 턱을 괴며 중얼거렸다.

그러자 적월이 두 사람의 대화에 끼어들었다.

"환동이 어떨까요?"

"환동(還童)?"

"무림에 반로환동이란 말이 있잖아요. 애초에 늙은 모습은 아니었으니 반로는 빼고 그냥 환동이라 부르는 거죠."

"아이로 돌아갔으니까요?"

오손이 재미있다는 듯 물었다.

"그런 의미도 있고… 온전히 과거를 잊고 지금처럼 아이의 순수한 마음으로 살아갔으면 해서……."

"좋은 뜻이네요. 처음에는 놀리려고 만든 이름인 줄 알았는데."

오손이 고개를 끄떡였다.

"뭐, 특이하기는 하지만 나쁘지는 않구나. 어떻소이까?"

자왕 사송이 묵묵히 침묵을 지키고 있던 불사 나왕에게 물었다.

"이름이야 상관있겠소. 아무렇게나 부르면 되지."

나왕이 덤덤하게 대답했다.

"좋아. 환동으로 하자. 이 녀석아. 이리 와보거라!"

자왕 사송이 한쪽에 멀뚱하게 선 채 육포를 씹고 있던 대량을 불렀다.

그러자 대량이 주적주적 자왕 사송 앞으로 다가왔다.

"잘 들어. 이제부터 네 이름을 환동이다. 알겠냐?"

"환동… 그게 네 이름이에요?"

대량이 되물었다.

"그래. 그게 네 이름이야."

"환…동. 그랬구나. 내 이름이 환동이었구나."

어린 지능의 대량은 자신의 이름을 찾았다는 것이 기쁜지 실실거리며 연신 환동이라는 이름을 되뇌었다.

그 모습을 조금은 측은하게 바라보던 자왕 사송이 물었다.

"어디 아픈 데는 없지?"

"네, 배부르니까 힘이 나요."

대량이 대답했다.

"내가 한 말은 잘 기억하고 있지?"

사송이 다시 물었다.

"그… 학사검이라거나 종선이라는 이름이 생각나면 말하라는 거요?"

"그래, 잘 기억하고 있구나."

"절대 안 잊어먹을 테니 걱정 마세요."

대량이 다부진 표정으로 대답했다.

그 모습을 보고 있던 불사 나왕이 사송에게 말했다.

"그만 떠납시다. 천마루를 찾아오는 자들이 있을 수도 있소이다."

사람이란 호기심이 강해서 일대 살인마가 나타난 장소인 천마루를 구경하려는 사람이 반드시 존재하게 마련이었다.

"그럽시다. 괜히 아는 사람을 만날 수도 있고… 또 십육마문의 후예란 자들이 무리를 더 끌고 올 수도 있으니……"

사송은 대량을 피해 도주한 십육마문의 후예들이 걱정되는 모양이었다.

타인을 만나는 것이 부담스러운 십이천문 사람들이 서둘러 천마루를 떠나기 시작했다.

천마루는 천산 남서쪽 깊은 곳에 존재하는 곳이라 적월 일행이 천산의 경계 지점까지 이동하는 것만으로도 여러 날이 걸렸다.

긴 여정으로 가장 힘들어하는 사람은 사송이었다. 그는 지루함을 참지 못하는 성정이어서 삼 일 지난 이후부터는 계속해서 길잡이 오손에게 언제 천산을 벗어나냐고 채근 아닌 채근을 해 대고 있었다.

오늘도 마찬가지였다.

천산 고봉에서 발원한 물줄기가 작은 개울을 이루는 지점에서 잠시 걸음을 멈추자마자 사송의 질문이 시작됐다.

"이제 얼마나 남았냐?"

물론 길잡이 오손에게 한 질문이다.

"어제저녁에도 물으셨어요."

오손이 지겹다는 듯 퉁명스럽게 대답했다.

"내가 그랬나?"

"대체 왜 그렇게 같은 질문을 계속하시는 거예요? 그런다고 길이 짧아지는 것도 아니잖아요?"

"지루해서 그러지."

사송이 주눅이 든 목소리로 대답했다.

"천산 풍경은 세상에서 가장 좋은 경치라고들 해요. 그런데도 지루하세요?"

"그것도 하루 이틀이지… 우리가 천산에 들어온 지 이미 한 달 보름이 지나고 있다. 사방이 하늘로 치솟은 고봉들 사이에서 한 달 보름이면, 너 같으면 답답하지 않겠냐?"

사송이 투덜거렸다.

"답답하긴요. 전 천산에 있으면 자유로워요."

"그건 네가 어려서부터 이곳에 살아왔기 때문일 거다. 하지만 우리처럼 대처에 살던 사람은 이런 산속이 답답하지. 아무튼 얼마나 남았다고?"

"아이고야, 어제 삼 일이면 이제 이틀 남았겠죠. 그 계산도 안 돼요?"

오손이 다시 사송을 타박했다.

"이틀이라. 후우… 아직도… 아무튼 이틀 후면 이 지겨운 풍경도 끝이군."

사송이 고개를 끄떡이며 개울가로 다가갔다.

그러고는 작은 바위에 쭈그려 앉아 찬 개울물을 떠 얼굴을 씻었다.

"어허, 차다!"

설산 봉우리의 만년설이 녹아 흘러내린 개울물은 산 아래 내려와서까지 그 냉기를 유지하고 있었다. 그 냉기가 사람의 정신을 번쩍 들게 했다.

다른 사람들도 하나둘 개울가로 다가와 오랜 여행에 지친 몸을 찬물로 달랬다.

그런데 어느 순간 모든 사람이 숨소리조차 낼 수 없을 만큼 긴장하기 시작했다.

아니, 모든 사람은 아니었다. 사송과 나왕, 그리고 적월에게만 해당하는 일이었다.

시작은 개울의 가장 위에 앉아 있는 사송으로부터였다.

하나의 검은 천 조각, 그 천 조각의 등장이 사송을 얼어붙게 만들었다.

가장 먼저 이상하다 느낀 것은 천 조각의 존재 자체였다.

천산의 설봉으로부터 흘러내려오는 차가운 개울물, 그 상류에 사람이 있기 힘든데 사람에게서만 나올 수 있는 천 조각이 떠내려 왔으니 일단 관심을 가질 만한 일이었다.

그리고 그 관심은 천 조각에 새겨진 하나의 문양을 보는 순간 차가운 경계심으로 변했다.

사송의 표정이 굳는 순간 나왕과 적월의 표정 역시 차갑게 굳었다.

그런 세 사람의 변화를 미처 눈치채지 못한 오손이 세 사람을 돌아보며 입을 열었다.

"얼마나 쉬다 갈 거… 왜 그래요?"

질문을 하다 말고 오손이 굳어 있는 세 사람의 표정을 보고는 겁을 먹은 표정으로 물었다.

적월 등 삼 인의 표정이 다른 어떤 때보다도 심각했다. 전신극의 주인이었던 대량과 싸울 때보다 더 심각한 세 사람이었다.

"대체……."

"잠깐!"

오손이 다시 입을 열려는 순간 사송이 손을 들어 오손의 말을 막았다.

그러고는 천천히 고개를 돌려 개울 상류를 바라봤다.

그러자 낮은 관목으로 이어진 개울 상류 부근에 얼핏 사람의 흔적이 보였다.

얼굴을 확인할 수는 없고 펄럭이는 옷자락과 희미한 백발 정도는 보였다.

"저자는……."

사송이 다시 한번 놀랐다.

흐릿한 모습만으로도 관목들 사이에 모습을 드러낸 자가 대량을 쫓던 노인이라는 걸 단번에 알아봤기 때문이었다.

"칠화엽에 그 노인이라… 유인을 하는 것이구려."

나왕이 침착하게 말했다.

지금 그들에게 일어나고 있는 일은 결코 우연히 일어날 수 있는 일이 아니었다.

칠화엽은 십이천문에게는 특별한 의미를 갖는 문양이었고, 노인은 학사검 종선일 수도 있는 자였다.

그 두 가지는 모두 혈월야와 관련이 있었고, 그것이 동시에 나타났다는 것은 결국 십이천문의 사람들을 유인하려 함이 분명했다.

"우리 정체를 아는군요."

적월이 말했다.

"그렇다고 봐야지."

나왕이 대답했다.

"어쩌죠?"

적월이 나왕과 사송을 번갈아 보며 물었다.

"후우… 그러게 어쩐다? 함정인 줄 뻔히 보이는데……."

사송이 난감한 표정을 지으며 말했다.

그런데 그런 사송과 달리 나왕은 다른 때보다도 훨씬 쉽게 결정을 내렸다.

"가봅시다."

"…위험하지 않겠소?"

사송이 되물었다.

"죽이려는 목적이라면 이런 식으로 유인하지는 않았을 거요. 지나온 길 중간에 이곳보다 기습하기 좋은 장소도 많았고……."

"그럼 다른 목적으로 유인을 한다는 것이오?"

사송이 의구심이 드는 표정으로 물었다.

"내 예감으로는 그렇소. 물론 틀릴 수도 있지만……."

"음……."

사송은 여전히 망설였다.

하지만 나왕은 이미 자리를 털고 일어나고 있었다.

"가서 만나봅시다. 어쩌면 우리가 알고자 했던 모든 비밀들을 알 수 있을지도 모르오. 살고 죽는 것이야 우리 능력, 아니, 우리의 팔자소관이고."

한 번 결심이 서면 뒤를 돌아보지 않은 나왕이다. 일단 노인이 유인하는 대로 움직이기로 한 이상 일행의 행보는 정해져 있었다.

"정말 갈 거예요?"

오손이 잔뜩 긴장한 표정으로 물었다.

그러자 나왕이 말했다.

"이 일은 십이천문의 일이다. 넌 길잡이이니 위험을 감수할 필요가 없다. 이곳에 남거라. 아니, 이곳에서 우리 거래를 끝내도록 하자. 돌아가는 길이야 천산의 경계가 가까우니 우리끼리도 갈 수 있으니까."

나왕의 냉정한 말에 오손의 표정이 굳어졌다.

"돌아가라고요?"

"네 일은 끝났다."

나왕이 다시 말했다.

"제가 십이천문을 따라 중원으로 가고 싶어 한다는 걸 아시잖아요?"

"그렇게 되면 오늘 같은 일이 반복될 것이다. 너도 봐서 알겠지만 우리가 하고자 하는 일들은 결코 단순하지 않아. 언제든 죽음의 위협에 맞서야 하고, 실체를 모르지만 적 또한 상상 이상으로 강할 수 있다. 그런 위험을 네가 감수할 필요 없다."

"돕겠다는 게 아니에요. 그리고 제 한 몸은 제가 지켜요. 아마… 여기 계신 모든 분들이 모두 죽는다 해도 전 살아남을걸요. 아시잖아요? 제가 누군지."

"청안족의 능력으로도 감당할 수 없는 위험도 있는 법이지."

"그거야말로 운명이죠."

오손도 단호했다.

적월과 사송이 보기엔 두 사람 모두 고집불통이어서 어느 한편을 들기가 어려웠다.

하지만 불리한 것은 나왕이었다. 그에게는 시간이 없었다. 그들을 유인하는 자가 한순간 생각을 바꿔 사라질 수도 있었다.

"후… 정말 십이천문과 동행하고 싶으냐?"

"그렇다니까요."

"나중에 후회 말거라."

"여기서 헤어지면 더 후회하겠죠."

"좋아. 그럼 이제 네 운명이다. 잘 따라오너라."

"히히, 감사해요."

언제 다퉜냐는 듯 오손이 실실 웃음을 흘렸다.

그런 오손을 슬쩍 보고는 나왕이 사송에게 말했다.

"역시 선두는 자왕께서……."

"그럽시다."

자왕이 고개를 끄떡이고는 훌쩍 몸을 날려 개울 상류를 향해 달리기 시작했다.

그러자 나왕이 그 뒤를 바싹 따라갔다.

"잘됐다."

"아휴, 가슴이 떨려 죽을 뻔했어요."

적월의 말에 오손이 가슴을 쓸어내리며 말했다.

"정말? 전혀 겁을 먹은 것 같지 않던데? 오히려 당당하더구면."

"그야 겉으로만 그렇죠. 아시잖아요. 불사께서 정색을 하면 두려워하지 않을 사람이 없다는 걸."

"하긴… 아무튼 잘했어. 자, 이제 우리도 가자. 너무 멀어지면 안 돼."

"이 양반은 어쩌죠?"

오손이 멀뚱히 서 있는 대량, 이젠 환동으로 불리는 전신극의 주인을 보며 말했다.

"걱정할 필요 없어. 아무리 떼어놓으려 해도 따라올 테니까. 가자고."

적월이 말을 하고는 서둘러 개울 상류로 오르기 시작했다.

그 뒤를 오손이 따랐고, 적월의 장담대로 환동이 어기적거리는 듯하면서도 빠른 걸음으로 두 사람에게 바싹 붙어갔다.

묘한 추격전이었다.

상대는 어디서도 반격하지 않았고, 완전히 사라지지도 않았다. 적당한 거리를 두고 끊임없이 적월 일행을 유인했다.

사송의 추격술을 생각하면 일정한 거리를 유지하는 상대의 능력 또한 범상치 않았다.

오손까지 나서서 근방의 지리를 살피며 사송을 도왔지만 상대와의 거리는 좁혀지지 않았다.

덕분에 어느 순간부터는 추격전이라기보다 앞서가는 자와 뒤따르는 자의 동행 같은 모양새가 되어버린 듯도 했다.

그래서 몸은 피곤하지 않았다. 느린 추격전은 강호고수들에겐 휴식과 같았다.

물론 긴장을 하긴 했지만 일정한 거리가 주는 안도감이 그 긴장감을 상쇄시키는 면도 있었다.

그 와중에 조금 신경 쓰이는 것은 나타나는 지형들이 점점 험해진다는 것이었다.

천산 하부는 초원과 침엽수림이 우거진 숲이었지만, 조금 위로 가면 낮은 관목이, 그 위로는 나무가 자랄 수 없는 지역인데, 일행을 유인해 가는 자들은 높은 곳도 아닌데 나무가 자라지 않은 곳으로 향하고 있었다.

본래 이런 땅을 사지(死地)라 부른다. 나무와 생명이 살 수 없는 땅, 위치로 보자면 숲이 우거져도 이상할 것 없는 곳이었지만 어떤 이유에선지 생명이 존재하지 않은 땅으로 십이천문의 사람들은 접어들고 있었다.

"으스스한데요?"

오손이 두려움을 느낀 듯 말했다.

하늘 높이 솟은 절벽들, 그 사이로 호롱 모양의 어두운 계곡이 이어지고 있었다.

계곡 바닥은 제법 넓어서 수십 필의 말을 끌고도 이동할 수 있을 만큼 넓었다. 다만 절벽이 높아질수록 서로 가까워져서 하늘은 거의 닫혀 있는 것 같았다.

빛이 들어올 수 없는 지형. 아마도 그래서 생명이 살아갈 수 없는 땅이 되었는지도 모르는 일이었다.

자연스레 일행은 협곡의 입구 앞에서 걸음을 멈췄다.

"함정이라면 이곳이겠구려."

사송이 경계심을 드러냈다.

"그런 것 같소. 이 안에 뭐가 있을지 모르겠구려."

나왕도 절곡 앞에서는 진입하기가 망설여지는 것 같았다.

그러자 적월이 물었다.

"들어가나요?"

이곳까지 추격을 하고 이제 와서 포기할 수는 없는 일이었다. 그런데 적월의 질문에 나왕이 의외의 대답을 했다.

"기다리는 게 좋을 것 같구나."

"기다리다뇨? 무엇을요?"

"우릴 유인한 자의 의도를 보았을 때 분명 우리를 공격하는 것 말고 다른 이유가 있는 것 같다. 아니라면 지금까지 우릴 공격하지 않았을 리 없어. 그렇다면 그자도 우리에게 원하는 것이 있을 것, 우리가 이곳에서 절곡 안으로 진입하지 않고 기다린다면 분명 그가 먼저 무슨 행동인가를 할 것이다. 어쩌면… 직접 나타날 수도 있지. 그의 반응을 보고 그에 대응한다. 이 절곡은 아무리 생각해도 그냥 들어갈 수는 없는 곳이다.”

나왕이 신중한 표정으로 말했다.

“완전히 추격을 포기할 수도 있나요?”

적월이 되물었다.

“만약 어떤 변화도 일어나지 않는다면 그래야겠지. 이 안으로 들어가는 것은 목숨을 누군가에게 저당 잡히는 꼴이니까. 어떻소? 자왕께선.”

나왕이 자왕 사송의 의견을 물었다.

그러자 사송이 아쉬운 표정으로 대답했다.

“아쉽지만 불사 대협의 말씀이 옳은 것 같소이다. 사실 처음부터 이 추격은 무리한 면이 있었소. 추격이 아니라 그들의 유인하는 대로 따라온 것이니까. 그래도 지금까지야 어떤 공격이라도 상대할 자신이 있었지만 이 절곡 안에서는… 역시 무리요. 무척 위험한 함정이 될 테니 말이오.”

자왕 사송도 나왕의 말에 동의하자 나왕이 아예 이곳에 터를 잡기로 결정했다.

“조금 물러나 자리를 잡도록 합시다. 오래 머물 수도 있으니 제대로 된 장소를 찾읍시다.”

나왕의 말에 자왕 사송이 고개를 끄떡여 보이고는 훌쩍 절곡의 입구에서 멀어졌다.

절곡의 입구에서 수십 장 넓이로 펼쳐진 불모의 땅 끝에는 잡초들이 파릇하게 돋아나 풀밭이 시작된다.

풀밭이 다시 일백여 장 이어지다가 관목 숲이 나타나고, 관목 숲 끝에는 거대한 침엽수림이 시작된다.

그렇게 절곡으로부터 시루떡 모양으로 층을 이루며 풍경이 변해갔다.

그 층을 따라 밤은 반대로 찾아왔다.

가장 먼저 절곡이 어둠에 휩싸였고, 이후로는 불모의 땅, 그리고 초원과 관목 숲, 급기야는 멀리 보이는 침엽수림까지 완전히 어둠이 장악하자 세상에 빛이라고는 적월 일행이 피워놓은 작은 모닥불만 남았다.

아니, 빛이 더 있기는 했다. 비록 그믐이라 달빛은 거의 없지만 워낙 맑은 하늘을 자랑하는 천산이라 성근 별들이 흘리는 빛 또한 만만치는 않았다.

그래도 절곡 부근에선 오직 적월 일행의 모닥불만이 세상에 존재하는 유일한 빛처럼 느껴졌다.

타탁타탁!

잘 마른 나뭇가지가 열기를 이기지 못하고 연신 비명을 토해 냈다.

다른 사람들은 모닥불의 온기에 몸을 맡기면서도 긴장한 채 절곡 입구를 바라보고 있었지만, 오직 대량, 환동으로 이름을 바꾼 그만은 달랐다.

그는 오손이 넘겨준 육포에 정신이 빠져 밤이 오는지, 적이 오는지 관심이 없었다.

그만이 이곳에서 이 시간을 즐기는 유일한 사람이었다.

"늦는군요."

침묵의 기다림을 참지 못하고 오손이 말했다.

"오고 있다."

오손의 말끝에 사송의 긴장한 목소리가 이어졌다.

"어? 정말요? 어디요?"

오손이 급히 주위를 돌아봤다.

그러자 사송이 차분하게 대답했다.

"절곡 안 기운이 달라졌다."

"기운이요?"

오손이 사송의 말에 반문하며 절곡 안으로 시선을 집중했다.

적월과 나왕은 벌써부터 절곡 안의 변화를 눈치채고 있었는지 두 사람의 대화에도 불구하고 절곡으로부터 시선을 떼지 않았다.

그래서 오손만이 새삼스럽게 절곡을 주의 깊게 살피다가 어느 순간 탄성을 흘렸다.

"정말이군요. 사람들이 있어요."

"음……."

사송이 고개를 끄떡였다.

오손의 말대로 절곡 안 어둠 속에서 언뜻 사람의 움직임이 느껴졌다.

워낙 깊은 어둠이라 형체를 알아볼 수는 없지만 그래도 고수들의 육감에 잡히는 인기척은 숨길 수 없었다.

그러다가 한순간 갑자기 절곡 앞에 그 안의 짙은 어둠과 대비되는 다섯 명의 그림자가 생겼다.

"나왔어요."

오손이 자리에서 일어났다.

"침착해라. 공격을 하기 위해 나온 자들은 아니야."

사송이 말했다.

"그걸 어떻게 알아요?"

"공격을 하려면 저렇게 나타났겠느냐? 최대한 기척을 숨기고 다가왔겠지."

"하지만 또 모르죠. 자신이 있어서 저런 식일지."

"후후, 그들은 우리가 천산에서 전신극의 주인을 상대한 것을 알고 있을 것이다. 그런데 기습의 이점을 포기한다고? 절대 그럴 일은 없지. 아무튼 침착하게 기다려. 무슨 말을 하는지 들어보자."

사송의 말에 오손이 경계심을 풀지 못하면서도 적월 옆에 다시 자리를 잡고 앉았다.

그사이 검은 인영 다섯이 어느새 형체를 제법 알아볼 만큼의 거리까지 다가왔다.

"불사를 만났으면 하오."

일행 앞에 다가온 다섯 명의 사내들은 모두 복면을 하고 있었다. 그중 가운데 선 자가 말했다.

"내가 불사 나왕이다."

불사 나왕이 앉은 채로 대답했다. 검은 검집에서 나와 그의 옆에 놓여 있었다. 언제라도 상대의 공격에 반응할 수 있는 위치다.

"뵙기를 원하는 분이 계시오."

복면인이 나왕을 보며 말했다.

순간 나왕은 그의 말투에서 감춰진 적의를 느꼈다.

'적의… 라… 나와 원한이 있는 자… 아! 그렇군.'

나왕이 뒤늦게 복면인들이 가진 적의의 이유를 깨달았다. 생각해 보니 이자들의 모습이나 기도를 처음 느껴보는 것이 아니었다.

그리고 자신들을 유인한 개울을 떠내려온 천 조각.

'신화밀교.'

그들밖에는 없었다. 그리고 복면을 한 자들의 기도로 보건대 이들은 신화밀교 일곱 큰 스승들이 부린다는 사신들이 분명했다.

그러고 보면 조비를 데려올 걸 그랬다는 뒤늦은 후회가 든 나왕이었다. 그러면서도 내심을 숨기고 무심하게 되물었다.

"날 보기를 원하는 사람이 있다고?"

"그렇소."

"누군가?"

"그건 만나보시면 알 것이오."

복면인이 재촉하듯 말했다.

그러나 나왕이 순순히 이들을 따라갈 리 없었다.

"누군지도 모르는 사람을 만나러 저 절곡으로 들어가라고? 설마 그 요구를 들을 거라고 생각했나?"

"칠화엽을 보지 않았소."

복면인이 말했다.

"신화밀교의 초대라는 건가?"

"비슷하오."

"비슷하다라. 기다리는 자가 신화밀교의 사람은 아니라는 뜻이군. 신화밀교와 인연은 있지만."

나왕의 말에 복면인이 이번에는 달리 대답을 하지 않았다.

그러자 나왕이 다시 말을 이었다.

"누군가? 우릴 이곳으로 부른 사람이."

"가보면 알게 될 것이오."

복면인이 좀 전과 같은 대답을 했다.

그러자 나왕이 고개를 저었다.

"그렇다면 미안하군. 우린 이쯤에서 돌아가야겠어."

"그분의 초청을 거절하면 크게 후회하게 될 거요."

복면인이 차갑게 말했다.

"협박하는 건가? 신화밀교 합비 신터가 어찌 되었는지 알 텐데?"

"그걸 알고 있으면서도 당신들에게 살수를 쓰지 않은 우리를 의심하면 되겠소?"

그러자 나왕이 미소를 지었다.

"그야 좀 더 완벽한 기회를 만들기 위해서겠지. 이곳에서야 당신들에게 승산이 있을까?"

"승부를 보자면 그대들 모두를 죽여줄 수 있소. 우린⋯⋯."

"신화밀교의 사신들이지."

나왕이 대답을 대신했다.

그러자 복면 사내의 눈빛이 한차례 흔들렸다. 설마 자신들의 정체를 이렇게 자세히 알고 있을 거라고는 생각지 못했던 모양이었다.

"본 교의 사신(死神)에 대해 알고 있다면 그 무서움도 알 거요. 그러니 순순히 그분의 초대에 응하시오."

"불사 나왕이란 이름을 알고 있다면 내가 그대들을 두려워하지 않을 거란 것도 알 것이다. 그러니 이 초대의 주인을 밝혀. 들어보고 만날 만한 사람이면 만날 테니."

불사 나왕도 한 치도 양보가 없었다. 당연한 일이었다. 생사가 한순간의 선택으로 결정될 수도 있기 때문이다.

나왕의 단호함에 복면인이 당혹스러운지 선뜻 대답을 하지 못했다.

그런데 그 순간 절곡 안에서 한 노인의 외침이 들려왔다.

"아우, 이 노형이 아우를 기다리고 있네. 이제 우리 두 사람이 만날 때가 된 것 같으이. 그러니 날 더 이상 기다리게 하지 마시게나."

제9장
조우

정적, 아무도 말을 하지 않았다.

신화밀교의 복면인들조차 입을 열지 않았다. 그들의 눈에 분노와 당혹으로 물든 자왕 사송의 얼굴이 보였다.

그 강렬한 연기에 신화밀교가 자랑하는 사신들조차도 감히 입을 열지 못했던 것이다.

투툭투툭!

바닥에서는 연신 마른나무들이 불의 열기를 이기지 못하고 신음 소리를 토해냈다.

오직 그 소리만이 장내에 존재하는 유일한 소리였다. 아니, 다른 소리도 있었다. 먼 곳, 침엽수림에서 들려오는 바람 소리, 너무 긴장해서 호흡이 가빠진 오손의 숨소리, 그리고 환동이 된 대량의 육포 씹는 소리.

하지만 그 소리들은 얼어버린 장내의 공기에 파묻히고 말았다.

그래서 장내는 완벽한 정적이나 마찬가지였다.

그리고 그 정적을 깰 수 있는 사람은 오직 두 사람밖에 없었다.

절곡 안의 학사검 종선, 절곡 밖의 자왕 사송.

사송이 침묵하자 학사검 종선의 목소리가 다시 들렸다.

"아우, 날 만나지 않을 생각인가?"

계곡 안에서 들려오는 목소리가 그리 크지 않음에도 천산 골짜기를 길게 흘러나갔다. 어찌 들으면 외로운 늑대의 울음소리 같기도 했다.

"정말 대형이었소?"

자왕 사송이 드디어 입을 열었다.

"설마 내 목소리를 잊은 건가?"

"그게 아니라 혈월야의 주모자가 대형이었냐는 말이오."

"아닐세."

학사검 종선의 단호한 대답이 들려왔다.

순간 자왕 사송의 얼굴에 안도의 빛이 보였다. 이 지경에 혈월야의 주모자가 학사검 종선이라고 하면 그는 아마도 광인이 되어버렸을 것이다.

"그럼… 왜 지금껏 나타나지 않은 거요."

"그럴 만한 이유가 있었네."

학사검 종선이 대답했다.

"그 이유를 들어야겠소."

"그럼 그들을 따라오게. 약속하네. 아우와 십이천문의 사람들에게는 어떤 위험도 없을 거네. 내가 어떤 사람인지는 아우가 더 잘 알 테니 내 말을 믿게."

"그렇게 생각했지요. 누구보다 대형을 잘 안다고. 그런데 이제는 모르겠소. 대형이 과연 어떤 사람인지."

"그것도 알게 될 걸세. 그들을 따라오면."

"대형이 이리 오시면 되지 않소."

사송이 의심을 거두지 못하고 말했다.

"모든 게 아우와 아우의 동료들을 위함일세. 그러니 부디 내 말대로 하시게."

종선이 부탁하는 말투로 말했다.

그러자 사송이 본능적으로 불사 나왕을 바라봤다. 그 옛날 십이지방의 시절, 어려운 문제가 생기면 학사검 종선을 먼저 찾았던 자왕 사송이다. 지금 그에게 그런 존재는 언제부터인가 불사 나왕이었다.

"가봅시다."

불사 나왕이 망설이지 않고 말했다.

"괜찮겠소?"

외려 자왕 사송이 걱정스러운 듯 반문했다.

"그를 알지 않소?"

나왕이 사송에게 물었다.

"예전의 그라면… 하지만 지금은 예전의 대형이 아니지요."

"그런들 사람의 성정은 쉽게 변하는 것이 아니잖소. 그가 선한 사람이든 선한 얼굴을 가진 악한 사람이든 상관없이 그는 자신의 약속은 지킬 거요. 이건 자존심의 문제니까. 그러니 들어 갑시다. 그리고… 설혹 그가 약속을 지키지 않는다 해도 싸우면 되는 일 아니오?"

"그렇게 되면 생사를 장담할 수 없을 것이오."

"후후, 무림에 뛰어들어 도검을 들고 사는 인생, 생사는 언제나 칼날 위에 올려놓고 살았던 것 아니오?"

나왕이 빙그레 미소를 지었다. 추남이지만 그 미소가 자왕 사송의 마음을 안정시켰다.

"불사께서 그렇게 말씀해 주시니 힘이 나는구려. 좋소. 가봅시다. 안내들 하라."

자왕 사송이 복면인들에게 시선을 주며 차갑게 말했다.

"따라오시오."

복면인들의 우두머리도 냉랭하게 말하고는 몸을 돌려 절곡을 향해 걷기 시작했다.

그렇게 십이천문의 사람들과 신화밀교 사신들이 떠난 자리에는 맹렬하게 타오르는 모닥불만이 남아 있었다.

고오오!

절곡에 들어서자 기이한 공명이 들려왔다. 마치 먼 곳에서 누군가 입으로 소리를 내 사람들을 부르는 것 같은 공명이었다.

고개를 들어보면 급격하게 좁아지는 절벽들 사이로 아주 조금, 별 몇몇 개를 보여주는 밤하늘이 있었다.

나는 새도 드나들기 어려운 공간, 그래서 더 어두운 절곡이지만 복면인들은 거침없이 걸음을 옮기고 있었다. 이곳의 지형에

익숙하다는 의미다.

그들의 안내를 따라가는 십이천문의 사람들도 움직임에 크게 어려움이 없었다. 길 안내를 하는 자들도 있었고, 그들 역시 어둠 속을 걷는 것이 가능한 고수들이기 때문이다.

그렇게 걷기를 이각여, 갑자기 한 줄기 빛이 보였다.

빛이 보이자 길은 좀 더 확연해졌다.

바위와 바위 사이로 이어진 길이 뱀처럼 구불거린다. 그 묘한 곡선이 드러나자 오히려 어두울 때보다 더 두려움이 느껴진다.

"후우……."

오손이 긴장한 숨을 내쉬는 소리가 들렸다.

그런 오손의 어깨를 적월이 가볍게 두드렸다. 걱정하지 말라는 뜻이다.

오손이 적월을 돌아보며 고개를 끄떡였다.

그러는 사이 빛이 좀 더 늘어났다. 모두 일곱 개의 서로 다른 색깔의 등이 빛을 내고 있었다.

그 빛을 보는 적월의 머릿속엔 자연스레 칠화엽이라는 단어가 떠올랐다.

일곱 개의 빛… 신화밀교의 표식인 칠화엽과 연결될 수밖에 없는 광경이었다.

등(燈)들은 협곡의 폭이 갑자기 넓어져 너른 공터를 이룬 곳을 비추고 있었다. 등이 달린 위치는 절벽 위쪽, 그 위에서 빛이 비추자 공터에는 신비로운 기운이 감돌았다.

그 공터에 제법 넓은 탁자가 놓여 있고, 그 위에 약간의 음식과 술잔이 놓여 있었다.

형식으로 보면 정말 손님을 초대하는 모양새다.

그리고 음식이 차려진 탁자 뒤쪽에 한 노인이 서 있었다.

대량의 사부이자 밀천이란 노인의 후계자, 그리고 과거 십이지방의 신왕이자 대형이었던 학사검 종선이다.

그의 왼쪽 팔소매가 힘없이 늘어져 있어 작은 바람에도 펄럭였다. 그건 곧 그의 왼쪽 팔이 없다는 의미다.

하지만 한쪽 팔이 없다 해서 그가 초라해 보이지는 않았다. 그는 누구보다 도도해 보였고, 강해 보였고, 또 현명해 보였다. 물론 자세히 보면 눈가에 드리워진 쓸쓸함을 감출 수 없었지만.

"어서 오게, 아우!"

학사검 종선이 공터에 들어서는 자왕 사송을 맞이했다.

그 순간 사송이 걸음을 멈췄다. 그에 따라 십이천문의 모든 사람들도 걸음을 멈췄다.

자왕 사송은 걸음을 멈추고 한동안 학사검 종선을 바라봤다. 마치 그가 정말 과거의 그인지 확인하려는 듯. 그러다가 나직하게 탄식을 흘리며 중얼거렸다.

"하… 정말 대형이었구려. 정말이었어……."

"아니길 바랐나?"

"한편으로는 그렇소."

"내가 살아 있는 것이 기쁘지 않은가?"

"이십 년 전… 아니, 십 년 전만 해도 그랬을 거요. 하지만 지금은."

"이런 늦은 등장이 날 의심하게 만든다는 뜻이겠지?"

"그렇소."

사송이 부인하지 않았다.

이미 학사검 종선 자신이 혈월야를 일으킨 주모자가 아니라고 부인했음에도 자왕 사송으로서는 그 의심에서 자유로울 수 없었다.

"후우… 일단 앉지. 아니, 그전에… 불사! 만나서 반갑소."

학사검 종선이 불사 나왕을 보며 가볍게 고개를 까딱여 보였다.

그러자 불사 나왕도 아무 대답 없이 고개를 끄떡이는 것으로 인사를 대신했다.

아무리 그가 과거 십이지방의 대형이었던 신왕 학사검 종선이라 해도, 지금은 언제라도 자신들의 목숨을 위협할 수 있는 위험한 존재였다. 그런 사람에게 정중하게 예의를 지킬 만큼 아량이 넓지 않은 나왕이다.

"자, 모두 앉읍시다. 요기가 넉넉하지 않았을 테니 일단 식사부터 하고 나서 이야기를 좀 합시다. 대량……."

그 순간 사송이 종선의 입을 막았다.

"대형, 그 이름은 이제 입에 올리지 마시구려."

"음… 이젠 십이천문의 사람이란 뜻인가?"

종선이 언짢은 표정으로 물었다.

대량이라는 이름을 사용하는 순간 환동으로 변신한 대량에게 혼란을 줄 수 있기에 사송이 종선의 입을 막은 것인데, 종선은 그런 사송의 행동이 마음에 들지 않는 모양이었다.

"이미 다른 사람이 된 친구요."

사송이 차갑게 말했다.

"그래. 그런 것 같군. 의도치는 않았지만 새로운 삶을 살 수 있게 된 것 같아. 좋아. 일단은 아우의 말을 듣지."

"일단이 아니라 이젠 관심을 두지 말았으면 하오."

"음… 그 일은 나중으로 미루겠네. 우리의 대화가 어찌 끝나는지가 중요한 일이니까. 먼저… 먹지. 사실은 나도 굶었네. 아우를 보는 일은 나로서도 쉽지 않은 일이라. 또 손님을 초대해 놓고 먼저 요기를 할 수도 없는 일이고."

학사검 종선이 말을 하면서 자리에 앉아 젓가락을 집었다.

기이한 식사였다.

괴기스러운 장소에서 이뤄지는 저녁 식사. 마치 지옥의 입구에서 마지막 만찬을 즐기는 것 같은 느낌이 들 정도였다.

그러나 그럼에도 불구하고, 일행은 마다하지 않고 준비된 음식을 먹었다. 그 정도의 담력은 있는 사람들이었고, 또 학사검 종선이 확실한 이상 노인이 이상한 짓을 벌이지는 않을 거란 믿음 정도는 있었다.

다만 오손만은 편하게 음식을 먹지 못했다. 그는 이런 분위기와 상황에서는 체질적으로 도망을 가야 하는 사람인데, 이런 불편한 자리에 계속 앉아 있자니 음식이 입으로 넘어가지 않았다.

일행은 식사를 마치고 김이 모락모락 오르는 차까지 마신 뒤에야 다시 이야기를 이어갔다.

당연히 먼저 입을 연 사람은 학사검 종선이었다.

"서리 동생은 잘 지내는가?"

"우릴 지켜보고 있었던 것 아니오?"

사송이 빈정거리듯 물었다.

"음… 가끔 소식을 듣기는 했지. 하지만 난 사실 거의 줄곧 이곳 천산에 있었네."

빈정거리는 사송에게 종선은 성의껏 대답했다.

그러자 사송이 잠시 종선을 바라보다 그가 지난 세월 가장 알고 싶었던 것을 물었다.

"대형께선 혈월야… 그 밤에 대해 모든 것을 알고 있으시오?"

그러자 종선이 살짝 얼굴을 찡그리더니 조금 불편한 표정으로 느리게 고개를 끄떡였다.

"알고 있네."

"흉수가 누구요?"

사송이 물었다.

그러자 종선이 고개를 저었다.

"당장은 말해줄 수 없네. 우리가 어떤 대화를 나누냐에 따라서……"

"…설마 흉수를 보호하겠다는 것이오?"

"흉수를 보호하는 것이 아니라 자네, 그리고 여기 있는 자네의 동료들을 보호하려는 걸세."

학사검 종선이 진심 어린 표정으로 말했다.

그러자 자왕 사송이 대답했다.

"십이천문은 스스로 자신을 지킬 수 있소."

"음… 물론 그럴 수도 있지. 하지만 세상에는 절대 상대하지 말아야 할 적도 있는 법이네."

"혈월야를 일으킨 자들이 그런 자들이란 뜻이구려."

사송이 말했다.

그러자 학사검 종선이 여전히 불편한 얼굴로 무겁게 고개를 끄떡였다.

"대형도 두려워할 상대요?"

"지금은……"

"지금은, 이라면 나중에는 그들을 상대할 수도 있단 뜻이오?"

"그것이… 나이의 문제라서."

"하아, 그러니까 흉수들이 대형보다 나이가 많고 그들이 늙기를 기다릴 수밖에 없이 강한 자들이란 뜻이구려."

"역시 아우는 머리가 비상하군."

학사검 종선이 자왕의 말을 시인했다.

그러자 사송의 얼굴이 화가 난 듯 붉어졌다.

"죽은 형제들을 생각하면 자신의 목숨을 버려서라도 복수를 해야 하는 것이 형제들에 대한 의리 아니오?"

"……"

사송의 추궁에 종선이 아무런 대답도 하지 못했다. 틀린 말이 아니기 때문이었다.

"알 수가 없구려. 그토록 형제들을 사랑했던 대형이 왜 복수조차 포기해야 하는지. 적에 대한 두려움, 죽음에 대한 공포… 이런 것들과는 거리가 먼 대형이 아니오? 설마 정말 죽는 것이 두려운 것이오?"

"아닐세."

"그럼 대체 왜? 설마 나와 서리 동생의 목숨이라도 지키기 위해서라고 말하고 싶소?"

"음… 그런 이유가 아주 없지는 않지만 그것 역시 결정적인 이유는 아닐세."

종선이 고개를 저었다.

"하아, 그럼 대체 뭐가 대형의 마음을 잡고 있는 것이오?"

자왕 사송이 답답한 듯 묻자 종선이 말하기 힘든 듯, 혹은 괴로운 표정을 짓고 있다가 대답했다.

"이제 와서 숨길 수는 없겠지. 아주 단순한 이유네."

"말해보시오."

"내 욕심 때문이네."

"……?"

자왕 사송이 이해할 수 없다는 듯 종선을 바라봤다.

그러자 종선이 길게 한숨을 쉬며 대답했다.

"후우… 혈월야를 내가 일으킨 것은 아니고, 그 일을 막는 과정에서 내 한 팔을 잃기도 했지만… 난 그들과 끊을 수 없는 인연을 가진 사람일세. 절대자들! 이렇게 말할 수밖에 없는 존재들이 있네. 세상을 움직이는 사람들! 그들 중 한 명이 혈월야를 일으켰는데 난 그들의 후계자 중 한 사람이지. 무슨 말인지 알겠나?"

순간 자왕 사송은 물론 장내의 모든 사람들이 경악스러운 시선으로 종선을 바라봤다.

학사검 종선을 보지는 못했어도 사송에게 수도 없이 많은 이야기를 들은 나왕과 적월이었다.

자왕 사송이나 유왕 서리의 말뿐만 아니라 십이지방을 알고 있는 강호의 고수들 중에서 학사검 종선이 야망을 추구하는 인간이라고 말하는 사람은 없었다.

십이지방 자체가 무림의 혈원에서 벗어나 자유로운 삶을 살자고 모인 사람들의 집단이었고, 실제로 칠마 십육마문의 난 때 잠시 무림맹의 일을 도운 것 말고는 강호의 은원에 관여치 않았던 집단이었다.

그런 십이지방을 만든 사람이 학사검 종선이었다. 그런 그가 자신의 야망을 위해 피를 나눈 형제보다 더한 정을 나누었던 십이지방 영웅들의 복수를 하지 않겠다니 놀라지 않을 수 없었다.

그리고 그보다 더 놀라운 사실은 몇몇 사람들은 구패의 주인들조차 능가할 거라고 평가하는 학사검 종선이 누군가의 후계자 중 한 명이라는 사실이었다.

더군다나 그의 나이가 올해로 육십여 세, 누군가의 후계자로 있기에는 너무 많은 나이였다.

"대체 그자들이 누구요?"

자왕 사송이 다시 물었다.

장내의 사람들 중 학사검 종선의 행동을 가장 이해할 수 없는 사람이 사송이었다. 그를 가장 잘 아는 사람이기에 겪는 혼란이 오히려 극심했다.

"스스로를 하늘이라고 생각하는 사람들이지."

"신화밀교의 일곱 큰 스승들이 그들이오?"

불사 나왕이 불쑥 물었다.

생각해 보면 언뜻 그들과 이어진다. 칠화엽도 그렇고, 여전히 복면을 하고 서 있는 사신들도 그렇고… 이 일은 신화밀교와는 떼려야 뗄 수 없는 관계가 있는 것이 분명했다.

"뭐, 관련이 있는 사람도 있고……."

"혹, 학사검께서도 큰 스승 중 한 명이오?"

불사 나왕의 질문이 날카롭다.

그러자 학사검 종선이 짧게 감탄사를 흘렸다.

"하! 역시 불사시오. 일의 핵심을 볼 줄 아시는구려."

순간 자왕 사송이 다시 흥분했다.

"정말 사형께서 신화밀교의 사람이란 말입니까? 그것도 그 대단하다는 큰 스승이란 말입니까?"

"그러하네."

학사검 종선이 부인하지 않았다.

"허… 그런 사교(邪教)의… 그런데 좀 전에 이자들은 대형이 신화밀교와 인연은 있어도 신화밀교의 사람은 아니라고 말했는데, 그건 거짓이었소?"

지왕 사송의 얼굴에 실망한 기색이 역력하다.

그러자 학사검 종선이 변명하듯 말했다.

"신화밀교에 대한 아우의 생각이 틀리다고는 말하지 않겠네. 다만… 난 그냥 이름만 걸쳐놓은 거지 실제로는 신화밀교의 일에 관여치 않는다네."

"큰 스승은 그들에겐 신과 같은 존재인데 말입니까?"

"어쩌다 보니 그렇게 되었네. 물론 향후 신화밀교를 내가 맡을 수도 있긴 하지만… 그때가 되면 신화밀교의 모습도 조금 바뀌겠지. 하지만 지금으로선 내가 신화밀교의 성격을 바꿀 수 없는 위치네."

"하하하! 이거야 정말… 이렇게 비밀이 많은 사람인 줄은 정말 몰랐소이다."

자왕 사송이 허탈한 표정으로 웃음을 터뜨렸다.

"아우에게는 미안하이."

"제게만 미안합니까? 저보다는……!"

사송이 뭔가를 말하려다 말고 입을 닫았다. 그의 시선은 본능적으로 적월에게 향해 있었다. 적월을 입에 올리려다 그의 신분이 밝혀질 것을 걱정해 입을 닫은 것이다.

그러나 사송의 행동은 사실 쓸데없는 것이었다. 학사검 종선은 이미 적월의 신분을 짐작하고 있었던 것이다.

"저 아이… 몽전의 아이겠지?"

종선이 적월을 보며 말했다.

순간 자왕 사송의 얼굴이 굳었다.

"그… 걸 알고 계셨소?"

"얼굴을 보는 순간 알았지. 인연이 있을 거라고. 몽전과 화령의 모습을 모두 가지고 있지 않은가?"

"그야…….."

"더군다나 십이천문의 사람이고… 다만 불사께서 저 아이와 어찌 인연이 닿았는지 그건 모르겠군."

종선이 불사 나왕을 보며 말했다. 질문을 한 것은 아니지만 묻고 있는 것은 분명했다.

"어쩌다 보니 인연이 되었소. 그런데… 대체 우릴 이곳으로 불러들인 이유가 무엇이오? 혈월야의 진실을 모두 말해줄 것도 아니고, 우릴 죽일 것도 아닌 것 같고…….”

불사 나왕이 가장 중요한 질문을 던졌다.

그러자 학사검 종선이 심각한 표정으로 말했다.

“내가 그대들을 부른 이유는 그대들을 살리기 위함이오.”

“우릴 살린다라… 누구에게서 말이오?”

나왕이 다시 물었다.

그러자 종선이 대답했다.

“짐작하는 그 사람들로부터 말이오.”

“스스로를 하늘이라고 생각한다는 그 사람들 말이오?”

나왕이 재차 묻자 종선이 묵묵히 고개를 끄떡여 시인했다.

“그들이 우릴 죽이려고 하오?”

나왕이 다시 물었다.

“당장은 아니어도 결국은 그렇게 될 것이오.”

종선이 부인하지 않고 대답했다.

“이유가 뭐요? 우리가 그들에게 위협이 되는 존재요?”

“글쎄… 그럴 수도 있지만 그것보다는 쓸모가 많기 때문일 것이오. 그들이 하고자 하는 일에 십이천문 같은 문파는 참으로 쓸모가 많은 문파니까. 당장… 이번 청부만 해도 그렇고.”

나왕은 물론 십이천문 사람들의 눈이 커졌다.

천산행은 귀산 왕전과 명안 이조에게 받은 청부다. 그리고 그 청부의 시작은 운중학 곤의 연락에 의한 것이었다.

십이천문의 이번 청부가 스스로 하늘이라 불리는 자들에 의해 이뤄진 것이라면 적어도 이들 세 명 중 한 명은 그들과 관련이 있단 말이 된다.

이들 모두 무림오선, 현 무림에서 이들의 명성을 능가할 사람은 없었다. 강호를 지배하는 세력은 구패지만 개개인으로 치자면 오선이 무림의 정점이었다.

그런 자들이 강호의 어둠 속에서 은밀한 일들을 하고 있다면, 더군다나 신화밀교와 같은 사교와 연관이 있다면 소름 끼치는 일이 아닐 수 없었다.

"귀산 왕전, 명안 이조, 운중학 곤……."

나왕이 나직하게 혼잣말을 중얼거렸다.

그러자 학사검 종선이 물었다.

"그들 중 한 명이라도 상대할 의지나 자신이 있소?"

순간 나왕의 눈에서 차가운 냉기가 번뜩였다.

"그들 모두를 상대한다 한들 못할 것도 없소만."

나왕의 대답에 이번에는 학사검 종선이 조금 놀란 표정을 지었다.

불사 나왕의 독심이야 익히 알고 있는 것이지만, 설마하니 무림오선을 상대로도 이런 투기를 드러낼 줄은 몰랐던 것이다.

그래서 무림오선의 이름값으로 불사 나왕과 십이천문의 사람들의 의지를 꺾어보려던 종선의 의도는 실패하고 말았다.

하지만 여전히 무림오선의 명성은 쓸모가 있었다.

"그들을 상대한다는 것이 어떤 의미인지 알지 않소?"

현실적인 문제를 들고 나오면 또 불사 나왕처럼 경험 많은 고수들을 설득할 수도 있다고 생각한 학사검 종선이 진중하게 물었다.

"무림 전체를 상대해야 할 수도 있을 것이오."

나왕이 대답했다.

"역시 잘 아시는구려. 십이천문의 운명은 그리 밝지 못할 거요. 그래서 내가 한 가지 제안을 하려고 이렇게 초대를 한 것이오."

"제안이라… 들어봅시다."

"한 삼 년… 길어야 오 년 정도 무림을 떠나 있는 것은 어떻겠소?"

종선이 신중하게 물었다.

"은거하라?"

나왕이 되물었다.

"그렇소. 앞으로 몇 년간 무림에는 큰 혈풍이 불 거요. 구패의 힘에 눌려 있던 야심가들이 들고일어날 것이고, 일패도지한 십육마문의 마인들도 권토중래를 노릴 거요. 큰 싸움일 것이고 무림의 판도가 완전히 변할 수도 있소. 그 혼란한 싸움에 끼어들지 말고 잠시 강호를 떠나 있는 것이 어떻겠소?"

종선의 제안은 신중하고도 진지했다. 그래서 그의 제안이 진심이란 것을 의심할 수는 없었다.

하지만 여전히 풀리지 않은 수수께끼가 있다. 이런 충고를 왜 이런 식으로 사람들을 유인해서 하느냐는 것이었다.

"이곳으로 우릴 부른 이유는 뭐요? 단지 그런 충고라면 굳이 우릴 이곳으로 부르지 않았을 수도 있을 텐데."

나왕이 물었다.

그러자 종선이 잠시 망설이는 빛을 보이더니 나직하게 말했다.

"난 더 이상 내 사람들을 잃고 싶지 않소. 그래서⋯ 강제로라도 그대들을 당분간 강호로부터 떼어놓고 싶소."

"억류⋯⋯."

나왕이 학사검 종선의 의도를 깨닫고 나직하게 중얼거렸다.

그 순간 자왕 사송이 탁자를 치며 소리쳤다.

쾅!

"대형! 이제 보니 정말 함정을 판 것이구려."

"함정이 아니네. 정말 십이천문의 생존을 위해 하는 일이네."

종선이 간절한 표정으로 말했다.

그러자 불사 나왕이 흥분한 사송을 제지하며 다시 물었다.

"만약 우리가 이곳을 나가겠다면 싸우겠소?"

나왕의 질문에 종선이 고개를 저었다.

"아마 나갈 수 없을 것이오. 이 절곡에 펼쳐진 진은 진을 펼친 나조차도 벗어나기 어려운 절진이오. 더군다나⋯⋯."

나왕이 절곡 곳곳에 서 있는 복면인들을 바라보며 말꼬리를 흐렸다.

"그럼에도 나가려 한다면 학사검께서 검을 들고 우릴 막을 것이오?"

나왕이 다시 물었다.

그러자 종선이 괴로운 표정을 짓다가 입을 열었다.

"사신(死神)들을 뚫고, 진을 깨고 나간다면 나로서도 어쩔 수 없는 일이오. 난 아우를 향해 검을 들 수는 없으니까. 하지만 부디 그런 일은 없길 바라오. 삼사 년⋯ 그 시간이 지나면 십이천문은 아무런 문제 없이 무림에서 살아갈 수 있을 것이오. 원한다면 구패 이상의 위치에서 말이오."

달콤한 유혹이다.

그리고 그 약속이 그리 허황되게 느껴지지 않았다.

그가 스스로 하늘이라 말하는 절대자들의 후계자라면 앞으로 있을 몇 년간의 강호 혼란이 끝나는 순간 종선 자신이 그 절대자의 위치에 오를 것이기 때문이다.

"그런 야심 따위 개나 줘버리라고 말하며 살았던 대형과 형제들이 아니오?"

사송이 분노에 찬 목소리로 외쳤다.

십이지방 영웅들이 살고자 했던 삶은 결코 그런 화려한 삶이 아니었다.

"알고 있네. 하지만… 사람은 결국 어쩔 수 없는 욕망의 존재일세. 그리고 저 아이도 생각해야지. 아직 너무 어리지 않은가."

학사검 종선이 적월을 보며 말했다.

그러자 이번만큼은 사송 역시 쉽사리 대답하지 못했다.

생각해 보면 몇 년 강호에서 멀어져 있는 것도 나쁜 선택은 아니다. 그래서 십이천문 사람들의 안위가 보장된다면… 더군다나 종선의 말대로 적월과 공예 등을 생각하면 더더욱 그러했다.

하지만 그렇다고 이대로 종선의 뜻대로 움직일 수는 없다고 생각하는 사송이다.

"대체 왜 십이지방이 멸문하게 된 것이오? 그 이유는 오늘 반드시 알아야겠소. 대형도 대답을 뒤로 미루지 마시오."

사송이 대답을 강요하자 종선이 괴로운 표정을 짓다가 입을 열었다.

"후우… 그 모든 것이 나의 실수네. 내가… 그들이 하는 일에 너무 깊게 관여했던 거지. 그래서 그들 중 한 명을 화나게 한 거네."

"하늘이라고 스스로를 부르는 사람들 말이오?"

"그렇다네."

종선이 수긍했다.

"그들의 후계자라면서 그들이 십이지방을 멸문시키는 것을 막지 못했단 말이오?"

"그것이… 당시에는 나에게 그럴 만한 힘이 없었네."

"그런데 어째서 대형 당신은 살아 있는 거요?"

사송이 차갑게 물었다.

그에게 힘이 없어 혈월야가 일어난 것은 인정할 수 있다. 그런데 그럼 왜 학사검 종선은 죽지 않았을까. 그 의문은 여전히 남는다.

"그건… 말했듯이 내가 그들 중 한 명의 후계자였기 때문이지. 날 죽이는 것은 그들도 서로 검을 겨눠야 한다는 걸 의미하니까. 그래서… 한 팔을 자르는 것으로 나에 대한 화풀이는 끝낸 것이지."

종선의 얼굴에 좌절감과 열패감이 드러났다.

당시 느꼈던 스스로에 대한 좌절감이 되살아나는 것 같았다.

"몽전 형님이 칠화엽의 천 조각을 쥐고 있었던 이유는 뭐요? 그것도 금빛 칠화엽이었소. 그건 곧 신화밀교의 큰 스승들이 그 혈월야에 관여했다는 뜻 아니오?"

"음… 그건 그렇지가 않네."

종선이 고개를 저었다.

"신화밀교는 관계가 없다는 뜻이오?"

"맞네. 신화밀교와 혈월야는 사실 큰 관계가 없네."

"제길! 제발 좀 속 시원하게 털어놔 보시오. 그날 대체 무슨 일이 있었던 거요?"

사송이 종선이 하는 말들이 제대로 꿰어지지 않자 화를 참지 못하고 소리쳤다.

그러자 종선이 괴로운 얼굴로 사송을 바라보다가 한숨을 쉬며 말했다.

"후우… 알겠네, 알겠어. 언젠가는 알 일이니 말해주지. 오늘 말하지 않으려고 했는데. 어차피… 일단 앉게."

종선의 말에 사송이 종선을 노려보다가 화를 참으며 자리에 앉았다.

나왕 역시 사송이 흥분을 가라앉히자 말없이 자리를 잡고 앉았다.

종선은 그 이후로도 한동안 입을 열지 않았다. 그로서도 쉽게 입을 열기 어려운 문제인 듯싶었다.

그러나 결국 그는 자신의 약속대로 혈월야에 대해 입을 열었다.

"절대자들… 그들 스스로, 나 또한 그들을 삼천이라 부르네."

"세 명이란 뜻이구려."

"음… 절대삼천이라고도 하지. 아무튼 이 양반들은 각기 정(正)과마(魔), 그리고 중도의 하늘로 자리 잡고 있네. 그리고 각기 자신들이 가진 영향력을 행사해서 무림인들로 하여금 서로의 힘을 겨루게 하지."

"학사검… 그 말이 뭘 뜻하는지 알고 하시는 거요?"

사송보다도 불사 나왕이 학사검 종선이 한 말의 심각성을 깨닫고는 차갑게 물었다.

"물론 알고 있소. 불사께서 생각하는 그대로요. 칠마와 십육마문의 난… 그건 바로 그 세 사람의 작품이오. 서로의 힘을 이용해 천하를 두고 한판의 바둑판을 벌인 거요."

쾅!

한순간 사송이 탁자를 내려쳤다.

푸스스!

그의 주먹에 깨진 탁자의 일부가 먼지처럼 부스러져 내렸다.

"수천 명의 목숨을 두고… 바둑판을 벌인단 말이오?"

"뭐… 그것이 인간의 숙명 아니겠나? 솔직히 그 양반들이 아니었어도 당시 무림의 분위기로 보자면 정사대전은 반드시 일어날 일이었으니까. 양쪽의 힘이 더 이상 커질 수 없을 만큼 커졌던 때라. 그 양반들은 단지 그런 무림의 상황을 이용해 각자 자신들이 선택한 진영이 승리할 수 있도록 영향력을 행사하며 내기를 한 거지."

종선이 약간의 변명을 했다. 그래도 절대삼천이란 자들의 후계자라 그런지 천하혈란의 주동자가 절대삼천이라고 말하고 싶지는 않은 모양이었다.

그러나 십이천문의 사람들은 모두 느끼고 있었다. 절대삼천으로 인해 한 바가지면 족할 피가 강이 되어 흘렀다는 사실을.

"좋소. 계속해 보시오."

사송이 종선의 말을 재촉했다.

그러자 종선이 조금 망설이는 듯하다가 다시 입을 열었다.

"난 당시 그들의 내기에는 끼어들지 않으려 했네. 내 스승이랄 수도 있는 양반도 관여되어 있었지만, 난 그들의 놀이에는 관심이 없었으니까. 그래서 십이지방의 형제들과 더불어 천하혈란에서 벗어나 은거의 삶을 살고자 했었던 거네."

"우리 형제들을 만난 것이 의도적인 것이 아니었단 말이오?"

"그건……."

사송의 질문에 종선이 말꼬리를 흐렸다.

"대답을 못 하는 걸 보니 우릴 만난 것도 목적이 있었던 모양이구려."

"음… 솔직히 말하자면 그런 의도가 없었던 것은 아니네. 나에게도 나만의 힘이 필요했으니까. 삼천에게서 물려받을 힘 말고 말일세. 하지만 십이지방 형제들에 대한 내 마음은 진심이었네. 그건 믿어주게."

"흐흐흐, 의도가 불순한데 어찌 진심을 믿으라는 거요. 더불어 결과도 참혹하고. 아무튼 계속해 보시오."

사송이 이제는 종선을 멸시하듯 대했다.

그럼에도 종선은 화를 내거나 흥분하지 않았다. 아마도 이런 사송의 반응을 예상하고 있었던 모양이다.

"아무튼 난 칠마의 난에 관여치 않으려 했는데. 사부란 사람의 부탁으로 무림맹을 위해 몇 가지 일을 하게 되었지. 그 일은 자네도 알 걸세."

"아하, 그게 그런 것이었구려. 우린 그래도 강호 정의를 위한 최소한의 역할을 하자는 대형의 말을 믿었는데……."

"그런 생각이 아주 없었던 것은 아니네. 사실 나로서는 무림이라는 곳이 칠마의 손에 들어가는 것은 문제가 있다고 생각하고 있었으니까. 가장 좋은 것은 정사의 힘이 균형을 이루는 것이었지만, 어느 한쪽으로 승부가 나야 한다면 무림맹 쪽이어야 한다는 생각은 하고 있었네. 그래서 약간의 도움을 준 것인데 결국……."

학사검 종선이 다시 우울한 표정을 지었다.

"그게 십이지방의 멸문을 가져온 것이오?"

사송이 묻자 학사검 종선이 고개를 끄떡였다.

"그럼 십이지방을 멸문시킨 자는 결국 마도를 움직이는 자였겠구려."

"그렇다네. 전신극을 빼돌림으로써 천마 파융을 죽게 한 것이 칠마의 난에 변곡점을 가져왔다고 생각한 거지. 그 양반 생각으로는 내가 지나치게 자신의 놀이에 관여했다고 본 걸세. 그래서……."

"그럼 몽전 형님은 왜 칠화엽을 쥐고 있었던 거요?"

"그건… 내 것이었네. 마천… 마도를 움직이는 양반을 그렇게 부르네만. 아무리 마천이라 해도 날 죽일 수는 없었네. 난 중도를 지배하는 밀천의 후계자니까. 대신 그 양반은 내가 가장 사랑하는 사람들을 죽이기로 결정한 거지. 거기에는 내 사부랄 수 있는 밀천도 동의했네. 그 정도는 해야 마천의 분노를 풀어줄 수 있다고 생각한 거지. 그래서 혈월야의 밤 밀천 그 양반이 날 반 시진 정도 잡아두었네. 내가 우공산에 도착했을 때는 이미 혈 사가 끝나 있었고, 그나마 죽어가면서도 의식이 남아 있던 몽전 아우가 내 발목을 낚아챌 때 칠화엽 문양이 뜯겨져 나간 모양이 더군. 지금 생각해 보면 몽전 아우는 당시 흉수들로부터, 혹은 마천으로부터 내 신분에 대한 이야기를 들었던 것 같네. 그래 서… 하지만 난 몽전 아우와 이야기를 나눌 여유가 없었네. 왜 냐하면……."

종선이 말을 하다 말고 적월을 바라봤다.

그즈음 적월의 얼굴은 무표정했다. 그 무표정이 극도의 분노 상태를 말해준다는 것을 오직 나왕만이 알고 있었다.

자신의 친부모에게 일어난 비극을 아무렇지도 않게 떠들어대 는 종선을 향한 분노, 그리고 그 일을 일으킨 절대삼천이란 자 들에 대한 분노가 얼음같이 차가운 분노로 얼굴에 나타나고 있 었던 것이다.

그런 적월의 내심을 아는지 모르는지 종선이 계속 말을 이었 다.

"난… 저 아이의 생사에 더 관심을 둘 수밖에 없었네. 당시 저 아이는 웅산 아우가 산 아래로 데리고 내려가 일엽편주에 태워 강물에 띄워 보내려 하고 있었는데, 마천이 보낸 자들에 의해 실 패할 상황이었지. 그래서 바짓단이 뜯어지는지도 모르고 강변으 로 달려가 마천과 대치했지. 그곳에서 마천은 저 아이를 태운 배 를 보내주는 대신 내 한 팔을 잘랐네. 이게… 그날 일어난 일의 전부네."

종선이 그 말을 끝으로 눈을 감아버렸다.

자신이 할 말은 다했으니 이제 결정은 사송과 십이천문 사람들의 몫이라는 뜻이었다.

사송 역시 너무 흥분해서 쉽게 입을 열지 못했다. 그 역시 그 밤의 참혹한 광경이 눈앞에 떠오르는지 아예 눈을 감았다.

그나마 침착함을 유지하는 사람은 그런대로 제삼자랄 수 있는 불사 나왕이었다.

"그럼 그 일에 마천이란 자가 직접 나선 것이구려?"

나왕이 물었다.

그러자 종선이 고개를 끄떡였다.

"그렇소. 솔직히 그렇지 않았다면 십이지방의 형제들이 그렇게 허무하게 당하지는 않았을 거요. 당시 형제들의 무공은… 나이는 어리지만 구패의 수장들과도 겨룰 만한 사람들이었소."

"그 혼자는 아니었을 텐데… 그의 수하들이라면 십육마문의 사람들이오?"

나왕이 다시 물었다.

"그렇다고도, 아니라고도 할 수 있소."

종선이 눈을 감은 채 대답했다.

"무슨 뜻이오?"

나왕이 자세한 설명을 요구했다.

"마천에게는 마영(魔影)이라 부르는 심복들이 있소. 이들은 평소 신분을 숨기고 십육마문을 포함한 천하의 마문에 스며들어 그 일원으로 살아가오. 그로 인해 마천이 마문들을 움직일 수 있다고 해도 과언이 아니오. 그날은… 그들 중 서른 명이 동원되었소. 거기에 마천이면… 형제들이 감당할 수 없었던 것이오.”

종선의 대답을 들은 나왕도 더 이상 질문을 하지 않았다.

그러자 어두운 절곡, 이 비극적인 만남의 장소가 깊은 침묵에 빠져들었다.

제10장
십이천문은 십이지방이 아니다

모든 사람들이 오해하고 있었다.

그만큼 당연하게 받아들여진 오해였다. 물론 학사검 종선도 그 오해로부터 자유롭지 못했다.

그건 절곡에 들어온 십이천문 사람들의 행보가 자왕 사송의 결심에 따라 결정된다고 생각하는 것이었다.

절곡에 들어온 이후 대화는 대부분 사송과 학사검 종선 사이에 이뤄졌고, 대화의 내용은 구 할이 혈월야와 연관된 것이었다.

그래서 십이천문이 학사검 종선이 마련한 비처에서 몇 년간 강호 출입을 하지 않고 지내는 문제 역시 자연스럽게 자왕 사송이 결정할 거라는 무의식적인 오해가 생긴 것이다.

그러나 생각해 보면 언제부터인가 십이천문의 중심은 항상 불사 나왕이었다.

자왕 사송과 유왕 서리도 그 사실을 내심 인정하고 있었다. 과거 십이지방의 행보가 학사검 종선에 의해 결정되었듯이 십이천문의 행보는 불사 나왕에 의해 결정되어 왔다.

그 사실을 간과한 사람들이 학사검 종선의 제안을 받아들일지 아닐지를 자왕 사송이 결정할 것이라고 오해하고 있었던 것이다.

오직 단 한 사람, 십이천문의 안위를 책임지고 있는 불사 나왕을 제외하고는 말이다.

그래서 불사 나왕이 불쑥 입을 열었을 때 사람들은 그제야 지금 이 상황에서 학사검 종선만큼이나 중요한 사람이 불사 나왕이란 것을 뒤늦게 깨닫게 되었다.

"우린… 아무래도 나가봐야 할 것 같소."

자왕 사송의 입만 바라보고 있던 학사검 종선에게 불사 나왕이 말했다.

순간 종선이 예상치 못한 말을 들었다는 듯이 불사 나왕을 바라보며 되물었다.

"지금 뭐라 말씀하셨소?"

"우린 이 절곡을 나가야 할 것 같다고 했소이다."

"그건……"

학사검 종선의 시선이 자연스레 자왕 사송에게로 향했다. 마치 불사 나왕이 왜 이 일에 나서냐는 듯한 표정이다.

그러나 불사 나왕이 입을 여는 순간 자왕 사송도 깨닫고 있었다. 지금 이곳에서 십이천문의 행보를 결정할 사람은 자신이 아니라 실질적인 문주 역할을 해온 불사 나왕이란 사실을. 그래서 그는 망설이지 않고 학사검 종선에게 말할 수 있었다.

"십이천문의 행보는 불사께서 결정하시오."

"십이천문이 십이지방의 후신이란 의미로 만들어진 문파가 아니었는가?"

"그런 의미가 아주 없는 것은 아니지만, 그래도 십이지방과 십이천문은 별개의 문파요. 그리고 지금까지 불사께서 우릴 이끌어주셨기에 십이천문이 오늘까지 별 탈 없었던 것이고 말이오. 그러니 대형의 제안을 받아들이고 아니고는 불사께서 결정하실 일이오."

"음……."

자왕 사송의 말에 학사검 종선이 나직하게 신음성을 흘렸다. 지금까지 자왕 사송을 설득하면 모든 일이 끝날 거라 생각했던 그에게는 당혹스러운 일이 아닐 수 없었다.

하지만 나왕을 설득할 논리 역시 하나밖에 없는 것은 마찬가지였다.

"십이천문의 생존… 그 하나의 이유로 몇 년의 시간을 견디는 것이 어렵겠소?"

학사검 종선이 나왕에게 물었다.

십이천문·문도들의 목숨을 꺼내 드는 것이 가장 좋은 설득이자 협박인 것은 분명했다.

그런데 나왕은 엉뚱한 대답을 했다.

"그렇게 살아남은들 그 이후에도 우린 그대에게서 자유롭지 못할 것이오."

"내 약속을 믿지 못한다는 뜻이오?"

학사검 종선이 불쾌한 표정으로 물었다.

"당신은 절대삼천의 뒤를 이어 세상의 비밀스러운 지배자가 되기를 원하는 사람이오. 그걸 위해 십이지방 형제들의 죽음을 덮었을 정도로 강한 욕망을 지니고 있소. 그런데 그런 당신의 모든 비밀을 알고 있는 우리가 몇 년 후라고 당신에게서 자유로울 수 있겠소? 그걸 증명하려면 차라리 지금 우릴 내보내 주시오. 당신에 의해서가 아니라 우리 스스로 은거의 삶을 선택할지 중원으로 돌아가 생각해 보겠소."

나왕의 말에 종선은 물론 십이천문의 다른 사람들 얼굴도 굳어졌다.

생각해 보면 단지 몇 년의 문제가 아니었다. 시작은 몇 년이겠지만 천하가 여전히 삼천이란 자들, 혹은 그 후계자들의 손에 있게 된다면 그들의 비밀을 지키기 위해 십이천문은 영원히 자유롭지 못할 것이기 때문이었다.

"그래. 정말 그렇군. 대형, 불사 대협의 질문에 대답할 수 있소?"

나왕의 지적에 사송이 학사검 종선에게 물었다.

그러자 종선이 괴로운 얼굴로 말했다.

"확실히 불사 대협의 말을 반박하기가 쉽지 않소. 이 일은 나 혼자서 약속할 수 있는 문제가 아니니까. 하지만 한 가지는 확실하오. 설혹 지금 내가 이곳에서 그대들을 보내준다 해도 곧 삼천의 살수들이 그대들을 찾아갈 거요. 아니, 삼천이 살수를 보낼 필요도 없을 거요. 그들이 십이천문을 강호의 공적으로 만드는 것은 아주 쉬운 일이니까."

소름 끼치는 협박이다. 절대삼천이란 자들의 힘이 고스란히 느껴지는 학사검 종선의 협박이었다.

그러나 그런 협박에 굴복하지 않는 사람도 세상에는 간혹 존재하게 마련이다. 특히 불사 나왕 같은 사람은 더더욱 그러했다.

"나도 말해둘 게 있소. 만약 우리를 이곳에 억류하려 하거나, 혹은 우리가 이곳을 벗어난 이후에 우리를 공격한다면 나도 그에 어울리는 반격을 해주겠소. 살수를 보내면 그들을 죽이고 우리도 살수를 쓸 것이고, 강호의 평판을 조작한다면 우리도 절대삼천의 비밀과 그들이 한 비열한 놀이들을 천하에 퍼뜨릴 것이오. 그런데… 강호인들이 무엇에 더 관심을 가질지는 모르겠소. 적어도 강호무림에 불사 나왕이란 이름이 증명해 놓은 것이 많아서 말이오."

아무리 자신을 강호 공적으로 만들려고 해도 절대삼천의 비밀을 폭로하는 순간 강호인들이 자신의 말을 믿을 거란 뜻이었다.

한 치의 양보도 없는 불사 나왕의 반발에 학사검 종선의 표정이 점점 굳어졌다.

불사 나왕의 반박이 전혀 불가능한 일이 아니기 때문이었다.

나왕이 불사라는 별호를 갖게 된 이유를 모르지 않는 학사검 종선이기에 더더욱 그러했다.

"후우… 어려운 문제구려. 불사 그대의 말이 맞을 수도 있소. 하지만 그래서 더욱 그대들을 보내줄 수 없을 것 같소."

"우릴 잡아둘 수 있을 것 같소?"

나왕이 물었다.

그러자 학사검 종선이 말했다.

"비록 그대가 불사라 해도 오늘 내가 만든 함정을 벗어나는 것은 불가능할 것이오. 무모한 시도로 동행들이 목숨을 잃는 일이 없기를 바라겠소."

학사검 종선이 경고했다.

학사검 종선의 경고에도 불사 나왕이 천천히 자리에서 일어났다. 그러자 다른 십이천문의 사람들 모두 불사 나왕을 따라 자리에서 일어났다.

나왕이 학사검 종선이 보고 있음에도 그의 존재를 무시하고 십이천문의 사람들을 보며 말했다.

"우리가 오늘 아주 곤란한 지경에 처한 것은 분명하오. 이곳을 나가려 하다 죽을 수도 있소. 하지만 이곳에 남아 있는 것은 평생 누군가의 손아귀에서 살아가야 한다는 의미, 무인이 무공을 배우고 손에 칼을 드는 이유는 탐욕이 아니라면, 스스로를 지키고 자유롭게 살기 위함이오. 자유… 그것이야말로 무림인의 가장 큰 권리 아니겠소? 그러니 우린 제대로 된 무림인처럼 살아 봅시다."

마지막 시선은 자왕 사송에게 향해 있었다.

비록 십이천문의 행보를 불사 나왕의 주도하에 결정해 왔지만 오늘은 조금 다르다.

싸우는 상대가 과거 십이지방의 대형이었던 학사검 종선, 자왕 사송에게는 피를 나눈 형제와 같은 사람이기 때문이다.

그러나 자왕 사송은 생각보다 단호했다.

"애초에 십이지방을 결성할 때 우리 형제들이 서로에게 한 약속이 있었소. 그 누구로부터도 구속받지 않고, 천하를 자유롭게 주유하면서 삶을 즐기자. 서로가 서로의 자유를 지켜주기 위해 스스로 십이지방이라는 틀에 기꺼이 들어가는 것이다. 그것이 바로 십이지방이 만들어진 이유였소. 물론 그중 한 사람은 다른 마음이 있었을 테지만 말이오. 그래서 난 불사 대협의 결정에 전적으로 동의하오. 십이천문 역시 그런 의미로 만들어진 문파라 생각하기 때문이오. 까짓… 죽으면 죽는 거고. 그런데 대형, 여전히 내게 검을 겨누지는 않을 것이오?"

자왕 사송이 불쑥 학사검 종선에게 물었다.

그러자 종선이 일그러진 표정으로 말했다.

"이곳에 천라지망에 버금가는 진을 펼친 것이 나인 것은 맞네. 그리고 난 확신하네. 자네들이 이곳을 빠져나갈 수 없다고. 또 하나 확실히 말해줄 수 있는 것도 있네. 이미 약속했지만 설혹 만에 하나 자네들이 이곳을 빠져나간다 해도 난 자네들을 상대로 검을 뽑지 않겠네. 그건… 내가 이 함정을 만든 목적과 다른 것이니까."

"그 말… 지키기 바리오."

"물론… 그런데 이렇게 무리를 하면 자네들 중 반드시 크게 상하는 사람이 나올 걸세. 목숨은 몰라도……."

학사검 종선이 경고했다.

"상관없소. 그리고 대형은 한 가지 사실을 잊고 있으셨구려."

"……?"

사송의 말에 학사검 종선이 자왕 사송을 바라봤다.

"내가 누구라는 것 말이오."

"자네를 잊고 있었다니 그게 무슨 말인가?"

"후후… 내가 바로 자왕 사송 아니겠소. 불사, 뒤쪽으로 정확히 이십 장만 길을 열어주시오. 이후는 내가 책임지겠소. 나도 그냥 여기까지 불려 들어온 것은 아니니까. 후후."

자왕이 불사 나왕을 보며 말했다.

그러자 불사 나왕이 고개를 끄떡이며 적월에게 소리쳤다.

"월은 후미를 맞는다. 길은 내가 뚫지. 그리고 환동."

나왕이 대량을 환동이라는 이름으로 불렀다.

"예, 왜요?"

환동이라 불린 대량이 장내의 무거운 분위기에 조금 겁을 먹은 표정으로 말했다.

그런 환동에게 나왕이 검 한 자루를 던져주었다.

턱!

환동이 본능적으로 날아오는 검의 손잡이를 낚아챘다.

"우릴 죽이려 하는 자는 어떻게 해야 하겠느냐?"

나왕이 환동에게 물었다.

그러자 환동이 대답했다.

"싸워야죠."

"더군다나 그들이 살인마들이라면?"

"그럼 죽여야죠."

이상하게 환동은 싸움에 대한 두려움이 없는 듯 보였다. 비록 십여 세의 지능으로 변했지만 전신극의 주인 대량의 싸움에 대한 본능적인 투기는 그의 잠재의식 속에 그대로 남아 있는 것 같았다.

사람을 죽여야 한다는 말을 하면서도 전혀 흔들리지 않는 그의 표정과 눈빛이 그걸 말해주고 있었다.

그렇다면 환동이야말로 이 싸움에서 가장 중요한 변수가 될 수도 있었다. 적어도 무공으로는 천하의 그 누구에게도 뒤지지 않을 사람이기 때문이다.

"좋아. 그럼 우릴 공격하는 자들은 모두 죽여라."

"알았어요."

환동이 순진무구한 표정으로 대답했다. 그래서 더욱더 환동이 무섭게 느껴졌다.

"그럼 시작합시다."

마지막 말은 건너편에서 자신의 행동을 물끄러미 바라보고 있는 학사검 종선에게 한 말이었다.

학사검 종선은 그런 불사 나왕에게 아무런 말도 하지 않았다.

그러자 나왕도 더 이상 말을 하지 않고 빠르게 검을 뽑아 아무도 없는 것처럼 보이는 빈 공간을 벼락처럼 베어냈다.

콰릉!

허공을 베었는데 천둥 치는 소리가 일어났다.

"억!"

뒤를 이어 사람의 비명 소리가 터져 나왔다.

나왕 앞의 어두운 공간이 마치 반으로 갈라진 것처럼 비틀어져 보였다. 나왕이 그 사이로 뛰어들며 소리쳤다.

"막는 자, 모두 죽는다. 난 불사 나왕이다!"

쩌적쩌적!

텅 빈 것 같은 어두운 공간이 연신 날카로운 소리를 내며 갈라졌다. 그러면 그 사이로 길이 나고, 또 복면을 한 살수들이 나타났다.

살수가 나타나면 여지없이 불사 나왕의 일살검이 살수의 숨을 끊었다. 불사 나왕은 손속에는 사정이 없었다. 학사검 종선은 십이천문의 사람들에게 가급적이면 살수를 쓰지 않겠다고 했지만, 불사 나왕은 상대에게 어떤 인정도 베풀지 않았다.

마치 감히 불사 나왕의 자유를 억압하려는 자가 있다는 것을 용납할 수 없다는 듯한 독한 검초들이었다.

그래서인가. 언제부터인가 어둠 속에서 나타나는 살수들도 점점 독한 검초들을 쓰기 시작했다.

가장 앞에 나선 불사 나왕의 옷자락도 몇 군데가 베어져 나갈 정도였다.

이십 장, 애초에 불사 나왕이 자왕 사송에게 약속한 거리였다.

그 거리만 이동하면 이후에는 자왕 사송에게 특별한 방책이 있는 듯 보였다.

그런데 평소라면 단걸음에 이동할 이십 장이 지금은 수천 리 길처럼 느껴졌다.

공간의 일그러짐, 마치 긴 거리를 구부러뜨려 놓은 것 같은 어두운 공간의 일그러짐이 겨우 이십 여 장을 그렇게 먼 거리처럼 만들어놓은 것이다.

학사검 종선이 말한 진(陣)의 힘이었고, 경험 많은 불사 나왕조차 처음 접하는 절진이었다.

그럼에도 불구하고 나왕은 끈기 있게 진이 만들어내는 환영들을 없애며 한 발 한 발 앞으로 전진했다.

어느 순간부터는 좌우와 뒤쪽에서도 살수들이 출몰하기 시작했다. 그런데 그것이 예상치 못하게 일행의 전진을 수월하게 만들었다.

이유는 두 사람 때문이었다.

적월과 환동, 이 두 사람이 살수들을 상대하기 시작하자 오히려 그들을 공격하는 살수들이 혼란에 빠지기 시작했다.

금강검과 일살검을 혼용해 적을 상대하는 적월의 무공은 천마루 앞에서 대량을 상대할 때와는 또 달랐다.

방어와 공격이 절묘하게 이어지는 이 절대검공들의 위력은 살수들로 하여금 일행의 후미를 공격하는 것을 어느 순간 포기하게 만들 정도였다.

그렇게 매끄러운 적월의 무공과 달리 환동의 무공은 살수들을 더 큰 혼란에 빠뜨렸다.

환동의 무공은 한마디로 무지막지했다.

환동은 불사 나왕으로부터 받은 검과 검을 들지 않은 손, 둘 모두를 사용해 일행의 우측면을 공격하는 살수들을 상대했다. 그런데 그렇게 환동과 마주친 살수들은 반드시 피떡이 되어서 진의 그늘 속으로 사라졌다.

도저히 감당할 수 없는 힘의 크기, 그리고 예측할 수 없는 규칙 없는 무공들, 어떤 것도 예상할 수 없이 펼쳐지는 환동의 무공은 살수들을 물리치는 것은 물론 진 자체에도 큰 영향을 주고 있었다.

덕분에 환동이 살수들을 상대한 이후 나왕의 전진이 한결 수월해지기까지 했다.

그런데 문제는 환동의 반대쪽 측면, 왼쪽의 사정이었다.

"이런 젠장할 놈들!"

자왕 사송의 입에서 나직한 욕설이 흘러나왔다.

그의 옷이 몇 군데 잘려 나간 것은 물론 몸에서는 얼핏 선혈까지 보였다.

일행은 오손을 중앙에 두고 동서남북으로 불사 나왕과 적월, 그리고 환동과 자왕이 각 방위에서 공격해 오는 적을 막는 형태를 이루고 있었다.

그런데 다른 세 곳과 달리 자왕 사송이 맡은 왼쪽에서는 살수들의 공격을 막아내기는 했지만, 그 역시 적지 않게 피해를 보고 있었다.

쇠갈고리 모양의 괴병이 단병인 것도 영향이 있었다. 진 속에 모습을 숨긴 살수들이 불쑥 장검을 내밀 때마다 단병을 쓰는 사송은 어렵게 적의 기습을 막아낸 후 반격을 해야 했기 때문이다.

하지만 단지 병기만의 문제는 아니었다.

무공에 있어서 사송이 다른 세 명에 비해 차이를 보이는 것이 결국 진짜 그가 곤란을 겪는 이유였던 것이다.

그래서 어느 순간부터는 보다 못한 오손이 자왕 사송을 도와 검을 휘두르기 시작했다.

물론 오손의 무공은 일행 중에서 가장 떨어지는 편이었기에 아주 큰 도움이 되지는 않았지만, 그래도 그의 본능적인 감각으로 펼치는 비도술은 사송에게 적지 않은 도움이 되고 있었다.

그렇게 십이천문 고수들은 어려움 속에서도 놀라운 무공을 선보이며 꾸준히 절곡의 입구 쪽을 향해 전진했다.

그들은 마치 무엇으로도 부술 수 없는 금강석 덩어리 같았다. 무리는 작았지만 어떤 공격도 그들의 만든 금강석 같은 진영을 깨지 못했다.

덕분에 그들은 결국 애초에 자왕 사송에게 약속한 이십여 장의 전진을 끝냈다.

"다 왔소이다. 이제부터는 자왕께서 맡아주셔야겠소."

불사 나왕이 사람 크기만 한 바위가 절벽에 기대어 서 있는 지점에 이르자 사송에게 소리쳤다.

그러자 사송이 대답했다.

"알겠소이다. 그럼 일단 세 방위로 막을 곳을 좁혀야 하오. 오손, 넌 지금처럼 가운데로 가거라. 불사께서 좌측을, 소요가 우측을 방비하고, 환동 넌 이 아저씨를 공격하는 자를 모두 죽여라."

사송이 재빨리 나왕과 자리를 교환하며 소리쳤다.

"알았어요."

환동이 어리숙하게 대답하면서도 바람처럼 이동해 사송의 곁으로 다가서더니 무지막지하게 검을 휘둘렀다.

쿠앙!

"악!"

"크악!"

환동의 검이 휘둘러지는 순간 나왕과 자리를 바꾸며 만들어진 허점을 파고들던 살수들이 비명을 지르며 피를 뿌렸다.

그만큼 환동의 검은 거침이 없어서 잔혹할 정도였다. 절대 어린아이의 지능을 가진 사람이 펼칠 수 없는 섬뜩한 무공, 그럼에도 환동은 천진난만한 표정으로 사송의 옆에 섰다.

"잘했지요?"

환동이 자신의 섬뜩한 무공에 놀라고 있는 사송에게 물었다.

"어… 어, 그래, 잘했다."

사송이 얼떨결에 대답을 하고는 고개를 한 번 저어 정신을 차린 후 다시 소리쳤다.

"출발하겠소. 모두 진형이 깨지지 않도록 조심하시오."

모두에게 주의를 준 사송이 다시 전진하기 시작했다.

사송이 길을 여는 자세가 기이했다. 그는 마치 짐승처럼 두 손과 발을 모두 땅을 짚은 후 기듯이 전진하고 있었다.

전진하는 방향도 곧장 앞으로 가는 것이 아니라 좌우로 불규칙하게 움직이며 어떤 때는 절벽에 거의 붙은 듯이 이동했다.

그런데 이상한 것은 그렇게 전진하는 속도가 앞서 불사 나왕이 힘으로 진을 깨며 전진하던 속도보다 훨씬 빠르다는 것이었다.

어떤 이유에서인지는 알 수 없었다.

그러나 어쨌든 십이천문 일행의 이동 속도는 이제 누군가의 방해 없이 걷는 속도로 올라와 있었다.

그러자 신화밀교 사신들로 구성된 살수들의 공격도 덩달아 거세지기 시작했다.

세 방위만을 방어하기 때문에 좁혀진 십이천문 고수들의 진형은 이제 도검의 충돌음으로 귀를 막아야 할 정도로 시끄러워졌다.

오손은 그 중앙에서 불안한 눈으로 사방을 둘러보며 혹시라도 자신이 할 일이 없는지 살펴보고 있었지만 그가 할 일은 전무했다.

왜냐하면 아무리 적의 공격이 맹렬해도 불사 나왕과 적월, 그리고 환동의 무공이 너끈히 그 공격들을 막아내고 있었기 때문이다.

그렇게 또 이각여의 이동이 이어졌다.

그러자 어스름하게 달빛이 보이기 시작했다. 드디어 절곡의 입구에 도달한 것이다.

학사검 종선이 그 누구도 빠져나갈 수 없다고 호언장담했던 천라지망의 함정이 이렇게 십이천문의 고수들로 인해 허무하게 뚫려가고 있었다.

그러나 학사검 종선의 말 중 또 하나, 그의 말과 다른 점이 나타났다.

십이천문의 고수들이 절곡의 입구로 나와 천산의 눈부신 별빛 아래 서는 순간 절곡 앞쪽에서 수십 명의 복면인들이 나타나 그들의 앞을 막았던 것이다.

그리고 그들이 뿜어내는 기세는 분명 살기였다.

도검의 충돌이 멈췄다.

더 이상 학사검 종선이 펼친 절진은 십이천문 고수들에게 영향을 미치지 않았다. 그러나 그 절진보다 더 힘겨운 상황이 그들을 기다리고 있었다.

수십 명의 살수들은 명백하게 십이천문의 고수들에게 살의를 가지고 있었다.

"후우… 이건 약속이 다른데. 역시 믿을 수 없는 사람이었던가."

학사검 종선이 약속을 어기고 자신들을 죽이려 한다고 판단한 자왕 사송이 허탈한 음성으로 중얼거렸다.

그나마 가지고 있던 학사검 종선에 대한 일말의 신뢰가 완전히 사라진 듯했다. 그리고 이런 상황이 분노보다는 허탈함을 느끼게 하는 모양이었다.

학사검 종선의 생존에서부터 그가 속한 집단이 일으킨 혈월야, 그리고 자신과 십이천문 고수들을 죽이려는 지금 이 순간의 결정까지. 이제 더 이상 자왕 사송이 학사검 종선을 믿어야 할 어떤 근거도 남아 있지 않았다.

"마음이 약해지면 안 되오. 지금부터가 중요하오."

혹시라도 자왕 사송이 허탈한 마음에 모든 것을 포기할까 걱정한 불사 나왕이 나직하게 말했다.

그러자 사송이 눈빛을 되살리며 대답했다.

"걱정 마시오. 이제부터 나도 거리낄 것이 없으니까. 이 길 끝에 죽는 한이 있어도 이자들을 용서할 수 없소이다."

사송이 앞을 막고 있는 복면인들보다 더한 살기를 뿜어내며 말했다.

"어느 방향으로 길을 여는 것이 좋겠소?"

나왕이 물었다.

복면인들이 막고 있는 절곡 앞을 뚫게 되면 얼마간의 황무지를 지나 풀밭이, 그리고 다시 관목 숲과 침엽수림이 이어진다. 그 서북쪽으로는 천산 안쪽으로 들어가게 되고, 남동쪽으로 가면 천산을 벗어나 초원으로 나가게 된다.

시작부터 방향을 정해 길을 내야 하는 상황이었다.

그런데 자왕 사송에게 한 질문의 답을 오손이 했다.

"남쪽으로 잡아주세요."

"응?"

"생로를 찾는 것은 제가 제일 잘하잖아요. 남쪽으로 길을 내주세요."

오손의 눈빛이 언제부터인가 반짝이고 있었다.

그러자 사송이 물었다.

"하지만 남쪽으로 가면 곧 천산 자락을 벗어나 초원으로 나가게 될 텐데, 초원에서는 저들의 추적을 피하기 어렵지 않겠느냐?"

"초원만 있는 건 아니죠. 사막도 있어요."

"사막……."

"거기서라면 제가 저들의 추적을 따돌릴 수 있어요. 사막 한가운데로 들어갈 테니까요."

"음, 그렇군."

자왕 사송이 고개를 끄떡였다.

청아족의 후예 오손이다. 물 한 병만 가지고도 사막에 들어가 긴 사막을 횡단할 수 있다고 알려진 종족이 청아족이었다. 그러니 오손이 이렇게 자신할 때는 그만한 이유가 있는 것이다.

"그럼 남쪽으로 갑시다."

자왕 사송이 불사 나왕을 보며 말했다.

"알겠소이다. 모두 각오를 단단히 하거라."

불사 나왕이 적월과 오손, 그리고 환동을 보며 주의를 주고는 정면을 응시했다. 그의 눈에서 모든 적들을 베어버리겠다는 냉혹한 검사의 안광이 흘러나왔다. 그 안광에 놀란 복면인들 몇몇

이 몇 걸음 뒤로 물러날 정도였다.

그런 복면인들을 향해 나왕이 나직하게 말했다.

"알고 있겠지만… 난 불사 나왕이다. 죽음의 땅에서 수백 번 살아남았다. 그리고 내 앞을 막은 자는 누구도 살려두지 않았다. 그러니 내 앞을 막을 자는 목숨을 걸어야 할 것이다."

나왕의 말은 가라앉아 있었지만 수십 장 밖까지 또렷하게 들렸다. 마치 사자의 나직한 으르렁거림 같았다.

그리고 한 번 경고를 한 나왕이 검을 앞에 세우고 복면인들을 향해 돌진하려는 순간, 갑자기 절곡 안쪽에서 한 사람의 목소리가 흘러나와 나왕의 검을 잠시 멈추게 했다.

"모두 잠시 멈춰라."

학사검 종선의 목소리다.

"이 양반이 또 무슨 소리를 하려나?"

학사검 종선에 대한 불신이 극에 달한 자왕 사송이 빈정거리며 고개를 돌렸다.

학사검 종선이 한쪽 팔소매를 휘날리며 얼음 위를 미끄러지듯 절곡에서 걸어 나왔다. 걸음을 걷는 것 같지도 않은데 뛰는 것보다도 빨라서 무공을 모르는 사람이 보면 축지법을 쓰는 것이 아닌가 의심할 정도로 유려한 보법이다.

그에게 적대적인 감정을 가지고 있다고는 해도 십이천문의 고수들 모두 감탄할 수밖에 없는 보법이었다.

절곡에서 나온 학사검 종선은 유려한 움직임으로 십이천문과 복면인들 사이로 들어와 걸음을 멈췄다.

그리고 양쪽에 시선을 번갈아 준 후 먼저 자왕 사송에게 말을 건넸다.

"놀랍군. 이렇게 쉽게 내가 만든 진을 벗어날 줄 몰랐는데……."

"대형이 우릴 너무 과소평가한 모양이오. 더군다나 내가 누구요. 난 자왕 사송이오. 절곡으로 들어갈 때, 이미 이런 상황을 예상하고 바닥에 특별한 표식들을 해두었소. 물론 마지막에는 그런 표식도 소용없는 환진이어서 고생했지만… 그 이십여 장의 환진만 돌파하면 이후로는 길을 알고 있었소."

사송이 빈정거리듯 말했다.

"그렇군. 그래서 이십여 장의 이동 후에 이동 속도가 빨라진 것이군. 역시 아우야. 내가 자넬 과소평가한 걸 사과하지."

학사검 종선이 고개를 끄떡이며 말했다.

"후후, 사과할 일이 그것만은 아니잖소? 애초에… 절곡을 벗어나면 끝나는 일 아니었소? 그런데… 저것들은 뭐요?"

사송이 절곡 앞에 진을 치고 있는 복면인들을 가리키며 물었다.

그러자 학사검 종선이 고개를 저었다.

"솔직히 말하자면 나도 잘 모르겠네."

"허! 그게 무슨 소리요? 설마 이제 와서 발뺌을 하겠다는 거요?"

"안 믿겠지만 그렇다네. 솔직히 나도 모르는 일이라네. 그래서 이 상황은… 내게 잠시 시간을 주게."

학사검 종선이 그렇게 말을 해놓고는 몸을 돌려 복면인들을 바라보며 물었다.

"누구의 명을 받는 자들이냐?"

종선이 묻자 복면인 중 한 명이 앞으로 나서며 고개를 숙였다.

"일선께 명을 받았습니다."

"일선……?"

"그렇습니다."

"정말이냐?"

"아니면 어찌…….'

복면인이 다시 한번 고개를 숙여 보였다.

그러자 학사검 종선이 얼굴을 찌푸린 채 잠시 생각에 잠겼다가 다시 물었다.

"그분의 명이 무엇이냐? 정확하게."

그러자 복면인이 대답을 망설였다.

"내가 누군지 알 텐데?"

"어찌 모르겠습니까? 이선 님을 몇 번 뵌 적이 있는데…….'

"그렇다면 대답을 해야 한다는 것도 알 것이다."

학사검 종선이 차갑게 말했다.

그러자 복면인이 어쩔 수 없다는 듯 말했다.

"이선께서 저들을 회유하지 못하면 저들을 제압하란 명을 받았습니다. 최악의 경우…….'

"최악의 경우에는?"

"목숨을 거두라는 명도 함께 받았습니다."

복면인이 숨기지 않고 대답했다.

그러자 학사검 종선이 깊게 한숨을 쉬었다.

"하아… 그 양반이 내 마지막 자존심까지 무너뜨리려 하시는 군. 내가 그렇게 부탁을 했는데……."

말속에 분노까지 느껴진다.

학사검 종선의 분노에 복면인들이 아무런 대답을 하지 못하고 침묵했다. 하지만 그러면서도 물러날 기색은 보이지 않은 복면인들이다.

그런 그들을 보며 학사검 종선이 말했다.

"이쯤에서 그만 길을 열게."

"죄송합니다만 그 말씀을 따를 수 없습니다."

"책임은 내가 지겠네."

"저희들은 일선의 명에 따를 수밖에 없습니다."

"그 양반도 내가 원한 일이라면 수긍할 걸세."

학사검 종선이 최대한 침착하게 복면인들을 설득했다. 그러나 복면인들은 당황스러워하면서도 물러날 생각을 하지 않았다.

그러자 학사검 종선이 조용히 검을 뽑았다.

스르릉!

검집을 벗어나 학사검 종선의 손에 들린 검이 별빛만으로도 눈부신 빛을 흘려냈다.

그 검신을 들어 자신의 눈앞에 세우며 학사검 종선이 다시 입을 열었다.

"내가 누군가. 금빛 칠화엽의 일곱 주인 중 한 명이자 이선이다. 그리고… 그 양반의 후계자이기도 하지. 그럼 내 말을 거역하는 것이 어떤 결과를 초래할지 알고 있을 것이다."

검까지 빼 든 학사검 종선의 행동에 복면인들이 술렁이기 시작했다.

"이선, 진정하십시오. 이 일은 일선께서 명하신 일입니다. 아무리 이선이시라 해도, 컥!"

한순간 복면인이 자신의 가슴을 움켜쥐었다. 가슴을 움켜쥔 그의 손가락 사이로 붉은 피가 흘러내렸다.

그리고 아직도 여운이 가시지 않은 푸른 검기의 흔적이 복면인과 학사검 종선 사이에 남아 있었다.

쿵!

복면인이 결국 가슴에 입은 검상을 견디지 못하고 땅에 나뒹굴었다. 그러자 학사검 종선이 아무런 짓도 하지 않은 사람처럼 중얼거렸다.

"이십여 년 전, 한 팔을 잃은 후 난 창(槍)을 버렸다. 이후로 검을 들었는데 검이란 놈이 나이 들어 수련하기가 쉽지 않더군. 하지만 이십 년이란 시간이 이제 창보다 검이 내 손에 더 익숙하게 만들었다. 내 검을 막을 자는 막아라. 그러나 그 결과는 죽음이다. 만약 길을 연다면 이후 일선의 추궁은 내가 감당하겠다."

종선이 그 말을 끝으로 입을 닫고는 앞으로 걸음을 옮기기 시작했다.

"갑시다."

불사 나왕이 갑작스러운 상황 변화에 어리둥절한 표정을 짓고 있는 자왕 사송에게 말했다.

그러자 사송이 얼른 정신을 차리고는 고개를 끄떡였다.

"그럽시다. 모두 가자."

사송의 말이 끝나자마자 십이천문 일행이 서둘러 학사검 종선의 뒤를 따르기 시작했다.

길은 파도 갈리듯 열렸다. 학사검 종선이 향하는 곳에 길이 생겼다.

복면인 중 누구도 학사검 종선을 막지 않았다. 이미 그들의 우두머리랄 수 있는 자가 죽었기 때문일 수도 있고, 혹은 학사검 종선의 약속을 믿기 때문일 수도 있었다.

그래서 복면인들은 도검을 든 채 자신들 사이를 지나가는 십이천문 사람들을 향해 살기를 뿌려댈지언정 그들을 공격하지는 못했다.

채 일각이 지나지 않아 학사검 종선을 앞세운 십이천문의 고수들은 복면인들의 진영을 완전히 빠져나왔다.

이후로도 학사검 종선은 걸음을 멈추지 않고 계속 걸었다.

그의 발이 죽은 땅이라는 황무지를 지나 풀밭을 밟았고, 다시 얼마 후에는 허리 어름까지 오는 관목들 숲을 지나고 있었다.

그리고 또다시 몇 각이 흐르자 드디어 그들은 거대한 침엽수림 앞에 도착했다.

그리고 그곳에서 학사검 종선의 걸음이 멈췄다.

"여기까지네. 내가 자넬 배웅할 수 있는 것은……."

걸음을 멈춘 학사검 종선이 자왕 사송을 보며 말했다.

"…괜찮겠소?"

사송이 물었다.

"허허, 지금 날 걱정하는 건가?"

"걱정이 아니라 스스로 하늘이라 말하는 작자들의 명을 어긴 것 아니오?"

"먼저 그 양반이 나와의 약속을 어겼으니까."

종선이 덤덤하게 말했다.

"우리의 안전을 약속받았던 거요?"

사송이 조금 누그러진 표정으로 물었다.

"적어도 오늘 밤은 그랬다네. 물론 지금이라도 자네들이 내 제안을 받아들인다면 여전히 자네들은 안전할 걸세. 하지만… 이대로 떠난다면 이후부터는 나도 어쩔 수 없네. 다시 한번 생각해 보시게."

자왕 사송에게 한 말이었지만, 사실은 불사 나왕에게 한 말이나 다름없었다.

그러나 불사 나왕의 의지는 확고했다. 그는 누군가에게 얽매여 한평생을 살 생각은 없는 사람이었다.

"갑시다."

불사 나왕이 학사검 종선과는 나눌 이야기가 없다는 듯 사송에게 말했다.

그러자 사송이 얼른 대답했다.

"알겠소이다. 이 밤이 지나면 위험해진다니 오늘 밤 가능한 많이 이동해야 하겠지요. 대형!"

사송이 학사검 종선을 불렀다.

"말씀하시게."

"오늘이 지나면 적이 되는 것이오?"

"아닐세. 적어도 난 십이천문 일에는 관여치 않을 걸세."

"알겠소. 마지막으로 대형의 말을 믿어보겠소."

"후우… 그렇다 한들 절대삼천과 맞서서는……."

학사검 종선이 다시 한번 십이천문 고수들을 설득하려는데 불사 나왕이 먼저 입을 열었다.

"돌아가시거든 절대삼천이란 사람들에게 전해주시오. 십이천문을 공격한다면 나와 십이천문의 반격도 각오해야 할 거라고."

"절대삼천은 결코 그대들이 상대할 수 있는 사람들이 아니오."

학사검 종선이 고개를 저었다.

그러자 불사 나왕이 말했다.

"나 역시 그 누구에게도 죽임을 당할 사람은 아니오. 그리고… 세상에 불가능이란 없소. 그들이 정말 신이 아닌 이상은 말이오. 그들도 결국 사람 아니겠소? 갑시다."

나왕이 종선에게 할 말을 다하고는 사송을 보며 말했다.

그러자 사송이 고개를 끄떡이고는 학사검 종선에게 말했다.

"대형… 부디 다시 만나지 맙시다. 그리고 혈월야의 빚은 반드시 내가 받아내겠소. 가서 전하시오. 그 마천이라는 자에게. 언젠가 그 목에 이놈을 꽂아주겠다고."

사송이 손에 달린 쇠갈고리 모양의 기병을 들어 보이고는 뒤로 돌아보지 않고 숲으로 들어갔다.

그러자 십이천문의 사람들이 순식간에 사송의 뒤를 따라 침엽수림의 어둠 속으로 사라졌다.

"후우… 안타깝게도 이렇게 되면 나도 너희들을 지켜줄 수 없다. 하지만 나도 한 가지는 약속하지. 언제가 될지 모르지만 십이지방의 형제들, 그리고 너희들이 죽게 된다면 너희들을 죽인 자를 반드시 내 손으로 죽여주겠다. 그게 누구든! 다만… 지금은 때가 아닐 뿐이구나."

학사검 종선이 숲으로 사라지는 십이천문의 사람들을 보며 나직하게 중얼거렸다.

추격해 오는 적의 존재감은 여전히 느껴졌다. 그러나 적들은 쉽게 일행을 공격하지 못했다.

이유는 간단했다. 십이천문의 고수들이 적이 공격할 기회를 주지 않을 만큼 빠르게 이동했기 때문이다.

천산의 지리에 밝은 오손을 앞세우고, 십 리 밖의 기운도 눈치챈다는 사송의 감각에 의지해 십이천문의 고수들은 살수들의 추격을 뿌리치고 있었다.

덕분에 학사검 종선과 헤어진 지 삼 일 후 그들은 거대한 열사의 사막을 눈앞에 두게 되었다.

그리고 그들은 아무런 두려움 없이 사막 속으로 걸어 들어갔다. 이후 그들을 추격하는 자들은 더 이상 존재하지 않았다.

『십이천문』 9권에 계속…

이제부터 전자책은

이젠북

www.ezenbook.co.kr

새로운 세계가 열린다!

초대형 24시 만화방

신간 100%, 샤워실, 흡연실, 수면실(침대석), 커플석, 세탁기 완비

▪ 광명 광명사거리역점 ▪

경기도 광명시 오리로 986 광명사거리역 6번 출구 앞 5층
02) 2625-9940 (솔목타워 5층)

▪ 강북 노원역점 ▪

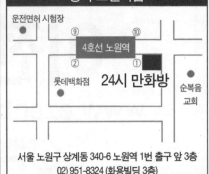

서울 노원구 상계동 340-6 노원역 1번 출구 앞 3층
02) 951-8324 (화용빌딩 3층)

▪ 일산 정발산역점 ▪

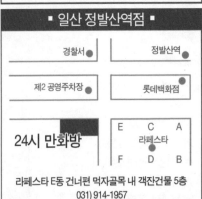

라페스타 E동 건너편 먹자골목 내 객잔건물 5층
031) 914-1957

▪ 일산 화정역점 ▪

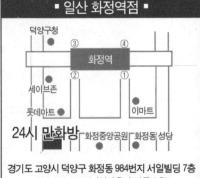

경기도 고양시 덕양구 화정동 984번지 서일빌딩 7층
031) 979-4874 (서일사우나 건물 7층)

▪ 부천 역곡역점 ▪

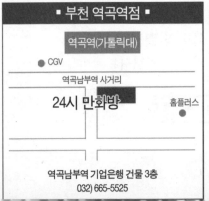

역곡남부역 기업은행 건물 3층
032) 665-5525

▪ 부평역점 ▪

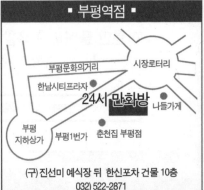

(구) 진선미 예식장 뒤 한신포차 건물 10층
032) 522-2871

천마신교
낙양지부

정보석 新무협 판타지 소설

FANTASTIC ORIENTAL HEROES

무협武俠의 무武란 무엇을 뜻하는가?
바로 자신의 협俠을 강제强制하는 힘이다.

자신을 넘어, 타인을 통해, 천하 끝까지 그 힘이 이른다면,
그것이 곧 신神의 경지.

일개 인간이 입신入神하기 위해
필요한 것은 무엇인가?

지금, 그 답을 찾기 위한
피월려의 서사시가 시작된다!

Book Publishing CHUNGEORAM

FANTASTIC ORIENTAL HEROES

와룡봉주

임영기 新무협 판타지 소설

세상천지 원하는 것을 모두 다 이룬
천하제일인 십절무황(十絶武皇).

우화등선 중, 과거 자신의 간절한 원(願)과 이어진다.

"…내가 금년 몇 살이더냐?"
"공자께선 올해 스무 살이죠."

개망나니였던 육십사 년 전으로 돌아온
화운룡(華雲龍).

멸문으로 뒤틀린 과거의 운명이 뒤바뀐다!

Book Publishing CHUNGEORAM

유행이 아닌 자유추구
WWW.chungeoram.com

검선마도

조돈형 新 무협 판타지 소설

FANTASTIC ORIENTAL HEROES

매화가 춤을 추고 벽력이 뒤따른다!

분심공으로 생각과 행동을
둘로 나눌 수 있게 된 풍월.

한 손엔 화산파의 검이, 다른 한 손엔 철산도문의 도가.
그를 통해 두 개의 무공이 완벽하게 하나가 된다.

검과 도, 정도와 마도!
무결점의 합공이 시작된다.

Book Publishing CHUNGEORAM

 유행이 아닌 자유추구 -
WWW.chungeoram.com

천품사 新 무협 판타지 소설

불영야차

FANTASTIC ORIENTAL HEROES

천도(天道)에 이끌려 소림의 품속에서 자라난
마인의 자식 법륜.

불존(佛尊) 자오대승(紫悟大僧) 무허에게
사사하고 무승이 되는데……

천명인 것일까?
운명은 그를 가만히 놔두지 않는다.

물러서지 않는다.
뒤돌아보지 않는다.
원하는 것이 있으면 내 손으로 쟁취한다.

천하를 내 발아래로.
무승 법륜의 서사시가 시작된다!

Book Publishing CHUNGEORAM

유행이 아닌 자유추구 -
WWW.chungeoram.com